宋·葉夢得 撰
宋·宇文紹奕 考异

# 石林燕語

中國書店

詳校官中書臣劉源溥

宗人府府丞臣孟邵覆勘

欽定四庫全書　　子部十

提要　　雜家類　雜說之屬

石林燕語十卷

臣等謹按石林燕語十卷宋葉夢得撰夢得有春秋傳已著録夢得為紹聖舊人徽宗時嘗司綸誥於朝章國典夙所究心故是書纂述舊聞皆有關當時掌故於官制科目言之尤詳頗足以補史傳之闕與宋敏求春明退

朝録徐度却掃編可相表裏陳振孫書録解
題謂其書成於宣和五年然其中論館伴遼
使一條建炎三年又論宰相一條謂自元祐
五年至今紹興六年則書成於南渡之後振
孫之說未核矣惟夢得當南北宋間戈甲倥
偬圖籍散佚或有記憶失真考據未詳之處
故汪應辰嘗作石林燕語辨而成都宇文紹
奕（按紹奕始末無考嘉定中有樞密使宇文紹節疑其昆弟）亦作考異以

糾之應辰之書陳振孫已稱未見蓋宋末傳
本即稀僅儒學警悟宋儒學警悟亦南宋之書不著撰人名氏間
引數條與紹奕考異同散見永樂大典中然
寥寥無幾難以成編惟紹奕之書尚可裒集
謹蒐採考校各附夢得書本條之下雖其間
傳聞年月之訛繕寫字畫之誤一一毛舉或
不免有意吹求頗類劉炫之規杜預吳縝之
糾歐陽修而援引舊文辨駁詳確者十之八

九是一朝故事得夢得之書而梗槩具存得紹奕之書而考證益密二書相輔而行於史學彌為有裨矣又夢得之書宋槧罕覯前明有大字刊本摹印亦希世行毛晉津逮秘書所載脱誤頗多而商濬稗海所載踳駮尤甚今併參驗諸本以永樂大典所載詳為勘校訂訛補闕以歸完善凡所釐正各附案語於下方用正俗刻之訛庶幾稍還舊觀不失其

真馬乾隆四十五年九月恭校上

總纂官臣紀昀臣陸錫熊臣孫士毅

總校官臣陸費墀

總校官臣陸費墀

總纂官臣紀昀臣陸錫熊臣孫士毅

真[illegible]乾隆四十五年九月恭校上

原序

宣和五年余既卜别館於卞山之石林谷稍遠城市不復更交世事故人親戚時時相過周旋嵁巖之下無與為娱縱談所及多故實舊聞或古今嘉言善行皆少日所傳於長老名流及出入中朝身所踐更者下至田夫野老之言與夫滑稽諧讔之辭時以抵掌一笑窮谷無事偶遇筆札隨輙書之建炎二年避亂縉雲而歸兵火蕩析之餘井閭湮廢前日之客死亡轉徙略相半而余

亦老矣游羅變故志意銷㦛平日所見聞日以廢忘因
令棟更爲裒集十卷以石林燕語名之其言先後本無
倫次不復更整齊孔子語虞仲夷逸曰隱居放言而公
明賈論公叔文子曰夫子時然後言人不厭其言子曰
其然夫言不言吾何敢議抑謂初無意於言而言則雖
未免有言以余爲未嘗言可也　八月望日石林山人序

欽定四庫全書

石林燕語卷一

宋 葉夢得 撰

宇文紹奕 考異

太祖皇帝微時嘗被酒入南京高辛廟香案有竹桮筊因取以占己之名位以一俯一仰為聖筊自小校而上至節度使一一擲之皆不應忽曰過是則為天子乎一擲而得聖筊天命豈不素定矣哉晏元獻為留守題廟

中詩所謂庚庚大横兆謦欬如有聞盖記是也
太祖英武大度初取僣偽諸國皆無甚難之意将伐蜀
命建第五百間於右掖門之前下臨汴水曰吾聞孟昶
族屬多無使有不足昶既俘即以賜之名李煜入朝復
命作禮賢宅於州南畧與昶等嘗親幸視役以煜江南
嘉山水令大作園池導恵民河水注之會煜稱疾錢俶
先請覲即以賜俶二居壯麗制度畧侔宫室是時諸國
皆如在掌握間矣昶居後為尚書都省俶居至錢思公

惟演亦歸有司以為冀公宫錫慶院令太學其故地也

考異禮賢宅在京城南錢俶入覲太祖以此館之至

太宗初俶納土始賜焉非俶先請覲即賜也錢思公

與諸弟乞歸之有司非思公獨請也

漢凡王宫皆曰禁中後以元后父名禁遂改禁為省唐

以前天子之命通稱詔武后名照遂改詔為制肅代後

集賢院有待制之名即漢東方朔之徒所謂待詔金馬

門者也京師大内梁氏建國止以為建昌宫本唐宣武

節度治所未暇增大也後唐莊宗遷洛復廢以為宣武
軍按此句舊本脫武字今據五代會要增入晉天福中因高祖臨幸更號大
寧宮令新城是也其增展外羅城蓋周世宗始為之
考異漢制度云帝之下書有四一曰策書二曰制書
三曰詔四曰戒勅此云天子之命通稱詔書非也唐
永徽中命弘文館學士一人日待制於武德殿西門
則待制名非始於肅代以後也明皇置翰林院延文
章之士至術數之士皆處之謂之待詔則待詔之名

初不改也

太祖建隆初以大内制度草創乃詔圖洛陽宮殿展皇城東北隅以鐵騎都尉李懷義與中貴人董役按圖營建初命懷義等凡諸門與殿須相望無得輒差故垂拱福寧柔儀清居四殿正重而左右掖與昇龍銀臺等諸門皆然惟大慶殿與端門少差爾宮成太祖坐福寧寢殿令闢門前後名近臣入觀諭曰我心端直正如此有少偏曲處汝曹必見之矣羣臣皆再拜後雖嘗經火屢

修率不敢易其故處矣

太宗即位尊孝章皇后為開寶皇后移居東宮而不建名

真宗尊明德太后始名所居殿曰嘉慶後中書門下請為皇太后建宮立名於是詔築宮曰萬安明肅太后既臨朝不築宮止名所居殿曰會慶明肅上仙遺詔進

太妃楊氏為皇太后乃名所居為保慶號保慶太后訖治平慈聖宮曰慈壽元祐宣仁宮曰崇慶建中欽聖宮曰慈德皆遵用萬安故事也崇寧初元符太后宮稱崇

恩蓋進太后故禮加於開寶云按崇寧初以下原本誤另作一條據文義當合為一今改正

崇政殿即舊講武殿惟國忌前一日及軍頭司引見呈試武藝人吏部引改官人即常朝退少頃以衫帽再坐忌前則服澹黃衫皁帶自延和殿出降階由庭中步至不乘輦遇雨然後行西廊皆祖宗之舊也從官獨二史得入侍舊制不甚大崇寧初始徙向後數十步因增舊制發舊基正中得玉斧大七八寸玉色如截肪兩旁碾

波濤戲龍文如屈髪制作極工妙余為左史時每見之蓋古殿其下必有寶器為之鎮令乘輿行幸最近駕前所持玉斧是也

東華門直北有東向門西與内東門相直俗謂之謻門而無牓張平子東京賦所謂謻門曲榭者也薛綜注謻曲屈斜行依城為道集韻謻字或作簃以為宮室相連之稱令循東華門墻而北轉東面為北門亦可斜行依墻矣凡宮禁之言相承必皆有自也

啟聖禪院太宗降誕之地太平興國中既建為寺以奉
太宗神御太祖降誕於西京山子營久失其處真宗朝
嘗遣人訪之或以驍勝營旁馬廐隙地有二岡隱起為
是復即其地建應天禪院以奉太祖天聖中明肅欲置
真宗神御其間而難於遺太宗因以殿後齋宮並置二
殿曰三聖殿慶歷中始名太祖殿曰興先太宗曰帝華
真宗曰昭考
考異昭考當作昭孝

瓊林苑金明池宜春苑玉津園謂之四園瓊林苑乾德中置太平興國中復鑿金明池於苑北導金水河水注之以教神衛虎翼水軍習舟楫因為水嬉宜春苑本秦悼王園因以皇城宜春舊苑為富國倉遂遷於此玉津園則五代之舊也今惟瓊林金明最盛歲以二月開命士庶縱觀謂之開池至上巳車駕臨幸畢即閉歲賜二府從官燕及進士聞喜燕皆在其間金明水戰不復習而諸軍猶為鬼神戲謂之旱教玉津半以種麥每仲夏

駕幸觀刈麥自仁宗後亦不復講矣惟契丹賜射為故
事宜春俗但稱庛人園以秦王故也荒廢殆不復治祖
宗不崇園池之觀前代未有也
太祖嘗問趙中令禮何以男子跪拜而婦人不跪趙不
能對詢徧禮官皆無知者王貽孫祁公溥之子也為言
古詩長跪問故夫即婦人亦跪也則天時婦人始拜而
不跪因以太和中張建章渤海國記所載為證趙大賞
天聖初明肅太后垂簾欲被衮冕親祠南郊大臣爭莫

能得薛簡肅公問即服衮冕陛下當為男子拜乎婦人
拜乎議遂格禮九拜雖男子亦不跪貽孫之言盖陋矣
簡肅亦適幸其言偶中使當時有以貽孫所陳密啟者
則亦無及矣然天下至今服簡肅之抗論也
母后加謚自東漢始本朝后謚初止二字明道中以章
獻明肅嘗臨朝特加四字至元豐中慶壽太皇太后上
仙章子厚為謚議請於朝詔以太后功徳盛大四字猶
懼未盡始仍故事遂謚慈聖光獻自是宣仁聖烈與欽

聖憲肅皆四字云

考異始仍故事當作姑仍故事詔云今以四字為謚

大懼未足形容萬一姑循故事而已宜以四字定謚

熙寧末年旱詔議改元執政初擬大成神宗曰不可成

字於文一人負戈繼又擬豐亨復曰不可亨字為子不

成惟豐字可用改元豐

范魯公質王祁公溥皆周朝舊相太祖受禪時質年四

十四溥四十二在位俱二年質罷八年薨溥二十年薨

雍容禪代之際疑間不生雖二人各有賢德然太祖保全大臣亦前代所未有也質性本卞急好面折人過然以廉介自居未嘗營生事四方饋獻皆不納太宗嘗論前宰相以質循規矩慎名器持廉節為稱溥寬厚喜薦導後進罷相時其父尚無恙猶常執子弟之禮不廢貽永尚太宗女乃其子也

張伯玉皇祐間為侍御史時陳恭公當國伯玉首言天下未治未得真相故也由是忤恭公仁宗時眷恭公厚

不得已出伯玉知太平州然亦惜其去密使小黄門諭
旨勞之曰聞卿貧無慮朕當爲卿治裝翌日中旨三司
賜錢五萬恭公猶執以爲無例上曰吾業已許之矣卒
賜之祖宗愛惜財用如此又見所以奬勸言官之意也
明肅太后上徽號初欲御天安殿即今大慶殿也王沂
公爭之乃改御文德殿元祐初宣仁太后受册有司援
文德故事爲請宣仁不許令學士院降詔蘇子瞻當制
頗斥天聖之制猶以御文德爲非是既進本宣仁批出

曰如此是彰先姑之失可别作一意但言吾德薄不敢
比方前人聞者無不畏服是歲冊禮止御崇政殿
考異按子瞻草詔云矧予涼薄常慕謙虛豈敢躬御
治朝自同先后處之無過之地乃是愛君之深内批
常慕字以下二十六字旨意稍涉令是不免有昔非
之議可叙述太皇太后碩德實不及章獻不敢必依
章獻御文德殿故事宜三省改此意進入
韓魏公為英宗山陵使是時兩宫嘗為近侍姦人所間

一日侵夜忽有中使持簾帷御封至魏公持之久不發
忽自起赴燭焚之使者驚愬曰有事當別論奏安可輒
焚御筆公曰此某事非使人之罪也歸但以此奏知卒
焚之有頃外傳有中使再至公亟出迎問故曰得旨追
前使人取御封公曰不發焚之矣二使歸報慈聖太后
歎息曰韓琦終見事遠有斷

考異英宗當作仁宗

大遼國信書式前稱月日大宋皇帝謹致書於大遼國

徽號皇帝闕下入辭次具使副全銜稱令差某官充某事國信使副有少禮物具諸別幅奉書陳賀不宣謹白其辭率不過八句回書具前式同後具所來使銜稱令某官等回專奉書陳謝不宣謹白不具副使銜辭亦不過八句元祐閒宣仁太后臨朝別遣太后使副以皇帝書達意式皆如前但云令差某官充 皇太后某使爾賀書亦如之

元祐垂簾呂司空晦叔當國元日欲率羣臣以天聖故

事請太后同御殿行慶會稱賀之禮宣仁謙避不從止
令候皇帝御殿禮畢百官内東門拜表而已蘇子容當
制作手詔云顧惟菲凉豈敢比隆於先后其在典法亦
當幾合於前規是歲進春帖子其一篇云上壽春朝近
外廷詔恩不許會公卿即時二史書謙德只使羣官進
姓名
國朝典禮初循用唐開元禮舊書一百五十卷太祖開
寶中始命劉温叟盧多遜扈蒙三人補緝遺逸通以今

事為開寳通禮二百卷又義纂一百卷以發明其旨且依開元禮設科取士嘉祐初歐陽文忠公知太常禮院復請續編以姚闢蘇洵掌其事為太常因革禮一百卷議者病其太簡元豐中蘇子容復議以開寳通禮及近歳詳定禮文分有司儀注沿革為三門為元豐新禮不及行至大觀中始修之鄭達夫主其事然時無知禮舊人書成頗多牴牾後亦廢

士大夫家廟自唐以後不復講慶歷元年郊祀赦聽文

武官皆立廟然朝廷未嘗討論立為制度無所遵守故
久之不克行皇祐二年初祀明堂宋莒公為相乃始請
下禮官定議於是請平章事以上立四廟東宫少保以
上立三廟而其詳皆不盡見文潞公為平章事首請立
廟於洛終無所考據不敢輕作至和初知長安因得唐
杜佑舊廟於曲江猶是當時舊制一堂四室旁為兩翼
嘉祐初遂倣為之兩廡之前又加以門以其東廡藏祭
器西廡藏家牒祊在中門之右省牲展饌滌濯等在中

門之左別為外門置庖廚於中門之外東南堂中分四室用晉荀安昌公故事作神板而不為主唐周元陽祀録以元日寒食秋分冬夏至為四時祭之節前祭皆一日致齋在洛則以是祭或在他處則奉神板自隨倣古諸侯載遷主之義公元豐間始致仕歸洛前此在洛無幾則廟不免猶虛設乃知古今異制終不可盡行也父沒稱皇考於禮本無見祭法言天子五廟曰考廟皇考廟顯考廟祖考廟則皇考者曾祖之稱也自屈原離

騷稱朕皇考曰伯庸則以皇考為父故晉司馬機為燕

王告祔廟文稱敢昭告於皇考清惠亭侯後世遂因不

改漢議宣帝父稱蔡義初請謚為悼曰悼太子魏相以

為宜稱尊號曰皇考則皇考乃尊號之稱非後世所得

通然沿習已久雖儒者亦不能自異也

考異曲禮祭父曰皇考此云父沒稱皇考於禮本無

見非也

治平中議濮安懿王稱號學士王禹玉中丞呂獻可諫

官范景仁司馬君實等皆謂宜稱皇伯此固顯然不可
歐陽永叔為參政尤詆之五代史書追尊皇伯宗儒為
宋州刺史所以深著其說然遂欲稱考則不免有兩統
貳父之嫌故議者紛然久不決慈聖光獻太后內出手
詔令稱親當時言官亦力爭而止以諸侯入繼古未有
也自漢宣帝以來始見之魏相以為宜稱皇考此固亡
乎禮之禮而哀帝稱定陶王為恭皇安帝稱清河王為
孝德皇則甚矣禮以王以皇以顯冠考猶是尊稱若舉

謚而加皇乃帝號既不足辨父子子而爵父此正禮之
所禁也曾子固嘗著議以為父沒之通稱施於為人後
之義為無嫌此蓋附永叔之意當時羣議既不決故仍
舊但稱濮安懿王蓋難之也
考異時呂獻可為御史知雜范景仁為翰林學士此
云呂中丞范諫官非也曾子固謂皇考一名而為說
有三如禮之皇考則曾祖也漢宣帝父稱尊號曰皇
考則加考以皇號也屈原稱皇考曰伯庸之類則父

殁之通稱也且言有可有不可者其剖析甚詳而以悼園稱皇立廟為非今三說中專舉其父殁之通稱之一句以為附永叔之意亦未盡也若謂皇乃帝號則或曰皇考或舉謚而加皇尚以為不可則一也豈得執一以為亡禮乎既以濮議稱皇伯為顯然不可又以稱考為有兩統貳父之嫌然則當何稱乎歐陽公嘗辨貳父則有之而非兩統也然則兩統或可以言嫌而貳父亦謂之嫌非也

皇祐治平天下財賦歲入皆一億萬以上歲費亦一億
萬以上出入畧相當景德官一萬餘員皇祐治平加二
萬餘員景德郊費六百萬皇祐治平加一千萬以上二
者皆倍於景德元豐中曽子固嘗請欲推考所從來悉
為裁損使歲入如皇祐治平而禄吏奉郊之費同景德
止二者所省已半以類推之歲入以億萬為率歲但省
三之一則三十年當有九億萬遂可以為十五年之蓄
議格不行此雖論其大約未必盡然要之言節用似當

畧倣此可以得實效愈於毛舉目前瑣碎徒為裁減之名而訖不能行也

仁宗慶歷初嘗詔儒臣檢討唐故事日進五條數諭近臣以為有補其後久廢元祐間蘇子容為承旨在經筵請如故事史官學士採新舊唐書諸帝所行及羣臣獻納日進數事因詔講讀官遇不講日各進漢唐故實二事子容仍於逐事後畧論得失大旨當時遂以為例

濮議廷臣既皆欲止稱皇伯歐陽文忠力詆以為不然

因引儀禮及五服勑云為人後者為其父母服則是雖出繼而其本生猶稱父母也是以漢宣帝光武皆尊其父稱皇考時未能難之者惟司馬君實在諫院獨疏之云為人後而言父母此因服立文捨父母則無以為稱非謂其得稱父母也此殆政府欲欺罔天下之人以為皆不識文理若宣帝承昭帝之後以孫繼祖則無嫌故可尊其父為皇考而不敢尊其祖為皇祖光武起布衣雖名中興與創業同使自立七廟猶不為過況但止稱

皇考令上為仁宗子而稱濮王為皇考則置仁宗何地
乎文忠得此亦無以奪之謂稱皇伯不然君實雖辯之
力然無據依亦終不能奪文忠也
考異按兩制等議謂禮律為父母報云者勢當然不
可云為叔伯報也趙大觀又引去婦出母為證則當
時論難非獨温公而此云未有能難之者惟司馬君
實云云非也既云文忠得此亦無以奪之又云君實
終不奪文忠也則二者孰是況二公各持其論終未

嘗少屈乎

故事宰相食邑滿萬户始開國賈文元罷相知北京未滿萬户以出師佐平貝州功特封安國公其後以武勝軍節度使入為祥源觀使留京師請還節仁宗特置觀文殿大學士寵之觀文有大學士自文元始蘇子容挽辭所謂大邦開國賞元勳秘殿升班寵舊臣是也

故事臺官皆御史中丞知雜與翰林學士互舉其資任須中行員外郎以下太常博士以上曾任通判人未歷

通判非特旨不薦仍為裏行此唐馬周故事也議者頗病太拘難於應格熈寧初司馬君實為中司已請稍變舊制及呂晦叔繼為中司遂薦張戩王子韶二人皆京官也既而王荆公驟用李資深以秀州軍事判官特除太子中允權監察御史裏行命下宋次道當制封還詞頭已而次命李才元蘓子容皆不奉詔蓋謂旋除中允而命猶自選人而除也三人皆謫卒用資深近歲有差遣合用京官特改官而除者自資深始也

國朝經筵講讀官舊皆坐乾興後始立蓋仁宗時年尚
幼坐讀不相聞故起立欲其近爾後遂為故事熙寧初
吕申公王荆公為翰林學士吳冲卿知諫院皆兼侍講
始建議以為六經言先王之道講者當賜坐因請復行
故事下太常禮院詳定當時韓持國刁景純胡宗夫為
判院是申公等言蘇子容龔鼎臣周孟陽及禮官王汾
劉攽韓忠彦以為講讀官曰侍蓋侍天子非師道也且
講讀官一等侍讀仍班侍講上令侍講坐而侍讀立不

應為二申公等議遂格令講讀官初入皆坐賜茶唯當講官起就案立講畢復就坐賜湯而退侍讀亦如之蓋乾興之制也

邢昺自翰林侍講學士以工部尚書知曹州仍舊職翰林侍講學士外除自昺始張文節公知白求罷叅知政事以刑部侍郎充翰林侍讀學士知天雄軍翰林侍讀學士外除自知白始昺班翰林學士上從其官也

欽定四庫全書

石林燕語卷二

宋　葉夢得　撰

宇文紹奕　考異

周官坐而論道謂之三公者非人臣也王乃天子公五等諸侯自三公而下皆卿大夫爾古者以六卿兼三公通謂之卿唐制宰相對正衙皆立而不奏事開延英奏事始得坐非尊之也盖以其論事難於久立本朝范魯

公為相當禪代之際務從謙畏始請皆立則令經筵官初皆得坐者非以其師尊之亦以講讀難久立故也太祖開寶中名王昭素講便殿太宗端拱中幸國子監召學官李覺講皆賜坐此出一時特恩非講官例也

考異周官以太師太傅太保為三公論道經邦則坐而論道非謂五等諸侯也五等諸侯豈得云非人臣乎周官孤卿大夫與三公皆不同豈得云三公而下皆卿大夫乎三公不必備何必以卿兼公而通謂之

卿乎周公位冢宰乃公兼卿也開寶中乃開寶元年

端拱中亦端拱元年

應天府藝祖肇基之地祥符七年始建為南京詔即衙城為大内正殿以歸德為名當時雖降圖營建而實未嘗行天禧中王沂公為守始請減省舊制別為圖以進亦但報聞其後夏文莊韓忠憲張文定相繼為守有請僅能修祥輝崇禮二門而已元豐閒蘇子容自南京被召還朝復以為言但請以沂公奏先修歸德一殿約為

屋百間神宗亦未暇也至今惟正門以真宗東封回嘗駐驆賜赦觀酺賜名重熙頒慶樓猶是雙門未嘗改作內中唯有御製詩碑亭二余為守時已將傾頹其中榛莽殆不可入也

元豐官制行王禹玉為左僕射蔡持正為右僕射新省成即都堂禮上郎中員外郎迎於門外僕射拜廳訖升廳各判祥瑞案三道學士兩省官賀於廳上中丞尚書以下百官班於庭下東西向僕射降堦就褥位直省官

贊揖臺吏引中丞出班北向致辭賀復位直省吏贊拜
僕射答拜退即尚書省燕侍郎給舍以上及中丞學士
皆與時有司定儀制以聞禹玉等拜辭神宗以官名始
正特行之自後為相者初正謝即辭例從之故惟此一
舉而已
元豐官制行吳雍以左司郎中出為河北都轉運使是
時神宗方經營北敵有廵幸之意密以委雍乃除直龍
圖閣都司除職自此始其後丈及甫自吏部員外郎出

知陜府潞公在洛便養為請欲以示優禮亦除直龍圖閣郎官除職自此始皆非常例也故自是郎官出入皆未有得職者至元祐間范子奇自左司郎中除河北轉運使范純粹自右司郎中除京東轉運皆除直龍圖閣用吳雍例也

元豐五年官制初行新省猶未就僕丞并六曹寓治於舊三司司農寺尚書省及三司使廨舍七月成始遷入新省揭牓曰文昌府前為都省令廳在中僕射廳分左

右凡為屋一千五百八十間有奇六曹列於後東西向為屋四百二十間有奇凡二千五百二十間有奇合四千一百間有奇時首拜王禹玉蔡持正為相至元祐紹聖間二人皆貶其後追治元祐黨人吕申公司馬温公吕汲公范忠宣劉莘老皆貶免者惟蘇公一人而已故言陰陽者皆謂凡居室以後為重今僕射廳不當在六曹前持正請遷遂遷舊七寺監移建如唐制既那其地步欲速成將作少監李誡總其事殺其間數工亦減裂

余為祠曹郎嘗及居之議者惜其壯麗不逮前也

契丹既修兄弟之好仁宗初隆緒在位於仁宗為伯故明肅太后臨朝生辰正旦契丹皆遣使致書太后本朝亦遣使報之猶娣婦通書於伯母無嫌也至和二年宗真卒洪基嗣位宗真妻臨朝則仁宗之弟婦也與隆緒時異衆議每遣使但致書洪基使專達禮意其報亦如之最為得體元祐初宣仁臨朝洪基亦英宗之弟因用至和故事

禮逮事父母則諱王父母不逮事父母則不諱王父母鄭氏以逮為及識當是有知之稱舊法祖父母私忌不為假元豐編勑修假寧令於父母私忌假下添入逮事祖父母者准此意謂生時祖父母尚存爾然不當言逮事蓋誤用禮之文也原為此法者謂生而祖父母死則為不假存則為假所以別於父母也若謂逮事為及見之辭則禮云不逮父母者今遺腹子固有不及見父者矣而母則安有不及見者乎法初行安厚卿為樞密適

祖母忌祖母没時厚卿纔二歲疑而以問禮部郎官何洵直洵直雖知法官之誤因欲遷就其説引子生三月而父名之以為天時一變為有識欲以三月為限斷過矣今士大夫凡生而祖父母存者皆告假從立法者之意也

唐以宣政殿為前殿謂之正衙即古之内朝也以紫宸殿為便殿謂之上閤即古之燕朝也而外别有含元殿古者天子三朝外朝内朝燕朝外朝在王宫庫門外有

非常之事以詢萬民於宮中內朝在路門外燕朝在路
門內蓋內朝以見羣臣或謂之路朝燕朝以聽政猶今
之奏事或謂之燕寢鄭氏小宗伯注以漢司徒府有天
子以下大會殿為周之外朝而蕭何造未央宮言前殿
則宜有後殿大會設於司徒府則為外朝而宮中有前
後殿為內朝燕朝蓋去周猶未遠也唐含元殿宜如漢
之大會殿宣政紫宸乃前後殿其沿習有自來矣方其
盛時宣政蓋常朝日見羣臣遇朔望陵寢薦食然後御

紫宸旋傳宣喚仗入閤宰相押之由閤門進百官隨之入謂之喚仗入閤紫宸殿言閤猶古之言寢此御朝之常制也中世亂離宣政不復御正衙立仗之禮遂廢惟以隻日常朝御紫宸而不設仗敬宗始復修之因以朔望陳仗紫宸以為盛禮亦謂之入閤誤矣

唐正衙日見羣臣百官皆在謂之常參喚仗入閤百官亦隨以入則唐制天子未嘗不日見百官也其後不御正衙紫宸所見惟大臣及内諸司百官俟朝於正衙者

傳聞不坐即退則百官無復見天子矣敬宗再舉入閤
禮之後百官復存朔望兩朝至五代又廢故後唐明宗
始詔羣臣每五日一隨宰相入見謂之起居時李琪為
中丞以為非禮復朔望入閤之禮明宗曰五日起居吾
思見羣臣不可罷朔望入閤可復遂以五日羣臣一入
見中興便殿為起居朔望天子一出御文明前殿為入
閤訖本朝不改元豐官制行始詔侍從官而上日朝垂
拱謂之常參官百官朝官以上每五日一朝紫宸為六

叅官在京朝官以上朔望一朝紫宸為朔叅官遂為定制

古者天子之居總言宮而不名其别名皆曰堂明堂是也故詩言自堂徂基而禮言天子之堂初未有稱殿者秦始皇紀言作阿房甘泉前殿蕭何傳言作未央前殿其名始見而阿房甘泉未央亦以名宮疑皆起於秦時然秦制天子稱陛下漢魯有靈光殿而司馬仲達稱曹操范縝稱竟陵王子良皆曰殿下則諸侯王漢以來皆

通稱殿下矣至唐初制令惟皇太后皇后百官上疏稱
殿下至今循用之葢自唐始也其制設吻者為殿無吻
不為殿矣
本朝未定六參之制百官日俟朝於前殿者便殿初引
班常以四色官一人立垂拱門外亢聲唱前殿不坐及
宰相便殿奏事畢即復出押百官虛拜於前殿庭下而
散其宰相遇奏事日高者不復押亦百官以序自拜於
陛下而出韓魏公為相在位久遂更不押班王樂道為

中丞力擊之以為不臣其言雖過然當時議者猶以無故不押班為非禮故司馬君實代樂道以辰時二刻前朝退則押班過則免遂以為例

前世常患加役流法太重官有監驅之勞而配隸者有道路奔亡困踣之患蘇子容元豐中建議請依古置圜土取當流者治罪訖髡首鉗足晝夜居作夜則置之圜土滿三歲而後釋未滿歲而遇赦者不原既釋仍送本鄉譏察出入又三歲不犯乃聽自如崇寧中蔡魯公始

行之人不以為善也

集賢院學士故事初不分高下但以為名而品秩自從

其官故吴正肅公以前執政資政殿大學士劉原甫以

從官翰林侍讀學士皆以疾換授蓋不為要職也然在

學士之列視待制則為優故元厚之以天章閣待制知

南京仁宗即位亦特換授是歲遷龍圖閣直學士知廣

州蘇子容罷知制誥知亳州再遇赦遂復此職當請別

其品秩不報故其謝表云惟麗正圖書之府盛開元禮

樂之司在外館之地則為閑正學士之名則已重先朝

著令或自二府公台而踐更近例遷官皆由兩省丞郎

而兼領又云惟其恩數之優當有官儀之别亦嘗自言

於公府豈敢取必於僉諧

考異集賢院學士錢若水陳恕郭贄皆自前執政除

非獨吳正肅也吕祐之吕文仲李維盛度皆自翰林

學士晁迥自翰林學士承旨除非獨劉原甫也李行

簡自龍圖閣待制除非獨元厚之也又有自集賢院

學士除待制者陳升之李大臨陳繹曾布鄧綰沈括豐稷皆是其除龍圖直學士者陳堯咨任布任中師魏瓘呂居簡李東之李參孫長卿呂溱宋敏求皆是亦非獨元厚之也鄧綰自御史中丞得罪元豐元年正月復待制則是時集賢院學士次於待制矣蘇子容罷知制誥歲餘會恩知婺州亳州入句當三班院加集賢院學士此云罷知制誥而知亳州再遇赦遂復此職非也

國朝講讀官初未有定制太宗始命吕文仲為侍讀繼而加翰林侍讀寓直於御書院文仲官著作佐郎但如其本官班而已真宗初即位楊文莊公徽之為樞密直學士以老求罷徽之嘗為東宫官乃特置翰林侍讀學士以命之并授文仲夏侯嶠三人又以邢昺為翰林侍讀學士始升其班次翰林學士禄賜並與之同設直廬於秘閣侍讀更直侍講長上

講讀官自楊文莊等後馮元魯宗道皆以龍圖閣直學

士兼侍讀髙若訥以天章閣待制兼侍讀皆不加翰林
及學士之名讀官初無定職但從講官入侍而已宋宣
獻夏文莊為侍讀學士始請日讀唐書一傳仍叅釋義
理後遂為定制
考異馮元魯宗道皆兼侍講此云侍讀非也
唐有翰林侍書學士柳公權嘗為之太祖平蜀王著蜀
人善書為趙州隆平縣主簿或薦其能書名為衛尉寺
丞史館祗候使詳定急就章等後遂以為翰林侍書而

不加學士之名蓋惜之也自著後不復除人著後官亦
不顯有翰林學士王著自别一人非此人也王君玉琪
為館閣校勘晏元獻以前執政留守南京辟為簽書留
守判官公事詔特令帶舊職從之館職外除自君玉始
神宗初欲為韓魏公神道碑王禹玉為學士密詔禹玉
具故事有無禹玉以唐太宗作魏徵碑高宗作李勣碑
明皇作張説碑德宗作段秀實碑及本朝太宗作趙普
碑仁宗作李用和碑六事以聞於是御製碑賜魏公家

或云即禹玉之辭也

唐制門下省有弘文館中書省有集賢殿書院皆以藏圖書弘文館即修文館也武德初置設生徒使習書選京官五品以上為學士六品以上為直學士及使他官領直館武后垂拱後以宰相兼領館務中宗景龍中置大學士至開元初乾元殿寫四部書置乾元院後改麗正脩書院又改集賢學士等官署如弘文自是宰相皆帶弘文集賢大學士遂為故事

梁遷都汴貞明中始於右長慶門東北設屋十餘間謂之三館盖昭文集賢史館也初極卑隘太宗太平興國中更命於左昇龍門裏舊車輅院地改作置集賢書於東廡昭文書於西廡史館書於南廡賜名崇文院猶未有秘書省也端拱中始分三館書萬餘卷别為秘閣命李至兼秘書監宋泌兼直閣杜鎬兼校理三館與秘閣始合為一故謂之館閣然皆但有書庫而已元豐官制行遂改為秘書省

唐貞觀初始置史館於門下省以他官兼領秩卑者以為直館宰相莅修撰開元中李林甫為監修國史始遷於中書省復置史館修撰迄五代遂為故事本朝乾德初首以趙韓王監修國史修撰之外復有編修校勘書校勘編修隨時創制不一舊但以書庫吏抄録報狀論次其後遂命進奏院及諸司凡詔令等皆關送開寶後命中書樞密皆書時政記以授史官淳化中張秘請別置起居院為左右史之職以梁周翰李宗諤為之凡

長春崇德殿宣諭陳列事中書以時政記記之樞密院則本院記之其餘百司封拜除授沿革制置等事皆悉記錄月終送史館而起居郎舍人分直崇政殿別記言動為起居注元豐官制行左右史所書如舊各為廳於兩省後史館歸之著作局國史院有故則置假左散騎常侍廳為之而後始以宰相監修

梁改樞密院為崇政院因置直崇政院唐莊宗復舊名遂改為樞密院直學士至明宗時安重誨為樞密使明

宗既不知書而重誨又武人故孔循始議置端明殿學
士二人專備顧問以馮道趙鳳為之班翰林學士上盖
樞密院執事官也本朝樞密院官既備學士之職浸廢
然猶會食樞密使廳每文德殿視朝則升殿侍立亦不
多除人官制行乃與學士皆為職名為直學士之冠不
隷樞密院升殿侍立為樞密院都承旨之任每吏部尚
書補外除龍圖閣學士户部以下五曹則除樞密直學
士相呼謂之密學

元昊請和歐公具當時議論有三一曰天下困矣不和
則不能支少屈就之可以紓患一曰羌夷險詐雖和而
不敢罷兵則與不和無異是空包屈就之羞全無紓患
之實一曰自屈志講和之後退而休息練兵訓卒以為
後圖三說皆力破之以為不和害少和則害多因言方
今不羞屈志急欲就和之人其類有五不忠於陛下者
欲急和謂數年以来廟堂勞於斡運邉鄙勞於戎事苟
欲避此勤勞自偷目下安逸他時後患任陛下獨當也

無識之人欲急和謂和而偷安利在目下和後大患伏
而未發也姦邪之人欲急和謂寛陛下以太平無事而
望聖心怠於庶事因欲進其邪佞惑亂聰明也疲兵懦
將欲急和謂屢敗之軍不知得人則勝但懼賊來常敗
也陝西之民欲急和謂其困於調發誅求也五者惟陝
西之民可因宣撫使告以朝廷非不欲和而賊未遜順
之意其餘可一切不聽使大議不沮而善筭有成

本朝宰相自建隆元年至元祐四年一百三十年凡五

十人自元祐五年至今紹興六年四十六年凡二十八人幾倍於前也

故事制科分五等上二等皆虛惟以下三等取人然中選者亦皆第四等獨吳正肅公嘗入第三等後未有繼者至嘉祐中蘇子瞻子由乃始皆入第三等已而子由以言太直為考官胡武平所駮欲黜落復降為第四等設科以来止吳正肅與子瞻入第三等而已故子瞻謝啓云誤占久虛之等

官制行内兩省諸廳照壁自僕射而下皆郭熈畫樹石

外尚書省諸廳照壁自令僕而下皆待詔書周官蘇子

容時為吏部侍郎謝幸省進官表云三朝漢省已叨過

輦之恩六典周官願謹書屏之戒

元豐間三佛齊注輦閣入貢請以所貢金蓮花真珠龍

腦依其國中法親撒於御坐謂之撒殿詔特許之御延

和殿引見使跪撒於殿柱外前未有也注輦在廣州南

水行約四千里至廣州三佛齊南蠻别種與占城國為

鄴
國朝三公官未始兼備惟元豐末文潞公守太尉雍王
曹王守司空富鄭公曹濟陽守司徒皆同一時其後宣
和間蔡魯公為太師王將明為太傅鄭達夫為太保方
相繼兩見
元豐三年高麗入貢有日本國車一乘正使柳洪副使
朴寅亮先致意館伴官云諸侯不貢車服誠知非禮但
本國欲中朝略見日本工拙耳詔特許進

内香藥庫在謻門外凡二十八庫真宗賜御製七言二韻詩一首為庫額曰每歲沉檀來遠裔累朝珠玉實皇居今辰内府初開處充牣尤宜史筆書

唐正衙宣政殿庭皆植松開成中詔入閤賜對官班退立東階樹下是也殿門外復有藥樹元微之詩云松間待應應全遠藥樹監搜可得知自晉魏以來凡入殿奏事官以御史一人立殿門外搜索而後許入謂之監搜御史立欒樹下至唐猶然太和中始罷之

考異宣政殿庭東西有四松非皆植松也詔書乃開成元年正月賜對當作次對唐制百官入宮殿門必搜非止為奏事官也欒樹有監搜御史監搜位非泛用御史一人亦非立也太和元年詔今後坐朝衆僚既退宰臣復進奏事其監搜宜停止謂宰臣勿搜非皆罷也

高麗自端拱後不復入貢王徽立嘗誦華嚴經願生中國舊俗以二月望張燈祀天神如中國上元徽一夕夢

至京師觀燈若宣名狀徧呼國中嘗至京師者問之畧
皆夢中所見乃自為詩識之曰宿業因縁近契丹一年
朝貢幾多般忽蒙舜日龍輪名便侍堯天佛會觀燈焰
似蓮丹闕迴月華如水碧雲寒移身幸入華胥境可惜
終宵漏滴殘會神宗遣海商喻旨使來朝遂復請修故
事余館伴時見初朝張誠一館伴語録所載云爾

欽定四庫全書

石林燕語卷三

宋 葉夢得 撰

宇文紹奕 考異

唐舊事門狀清要官見宰相及交友同列往來皆不書前銜止曰某謹祗候某官謹狀其人親在即曰謹祗候某官兼起居謹狀祗候起居不並稱各有所施也至於府縣官見長吏諸司僚屬見官長藩鎮入朝見宰相及

臺務則用公狀前具銜稱右某謹祗候某官伏聽處分牒件狀如前謹牒此乃申狀非門狀也元豐以前門狀尚帶牒件狀如前等語蓋沿習之久後雖去而祗候起居並稱猶不改今從官而上於某官下稱謹狀去伏候裁旨四字畧如唐制而具銜謂之小狀他官則前銜與前四字兼具而不言謹狀不知有牒件狀如前謹牒七字則謹狀字自不應重出若既去此七字則當稱謹狀以為恭而反簡自元豐以來失之也

太平興國中司天言太一式有五福大游小游四神天一地一真符君綦臣綦民綦凡十神皆天之貴神而五福所臨無兵疫凡行五宮四十五年一易令自甲申歲入黄室巽宮當吴分請即蘇州建宫祠之已而復有言令京城東南有蘇村可應姑蘇之名乃改築於蘇村京師建太一宫自此始

樞密使拜罷舊皆用麻皇祐中狄武襄嶺南成功迴高文莊若訥為使罷為羣牧制置使武襄自副使補其闕

止令舍人院草辭自是遂為故事

唐起居郎舍人皆隨宰相入殿預聞奏事仗在紫宸則立殿下直第二螭頭即其坳處和墨以記事故號螭頭或曰螭坳自高宗後前殿不奏事則二史固無所書矣本朝記注初不侍立但於前後殿為次使候上殿臣寮退面問所嘗言書之然未嘗有敢告之也後始詣後殿輪日入侍崇寧初鄭丞相達夫為史官復建言併前殿皆入並立於垜殿雖存故事而奏對語畧不相聞亦不

敢自書惟經筵得與講讀官並列嘉祐間賈直孺所請

太祖初削平諸偽國得其帑藏金帛以別庫儲之曰封

樁庫本以待經營契丹也其後三司歲終所用常賦有

餘亦併歸之嘗諭近臣欲候滿三五百萬即以與契丹

以贖幽燕故土不從則為用兵之費蓋不欲常賦橫斂

於民故不隸於三司今內藏庫是也

毧坐不知始何時唐以前猶未施用太平興國中詔工

商庶人許乘烏漆素鞍不得用毧毛暖坐則當時蓋通

上下用之矣天禧元年始定兩省五品宗室將軍以上許乘狨毛暖坐餘禁遂為定制令文臣自中書舍人以上武臣節度使以上方許用而宗室將軍之制亦不行矣

考異太平興國七年翰林學士承旨李昉等奏商賈庶人有僭乘銀裝鞍勒狨毛暖坐等請禁斷從之當時以為僭則非通上下用之矣令著令諫議大夫以上及節度使曾任執政官者許乘狨坐比云文臣中

書舍人以上武臣節度使以上方許用非也
叅知政事班舊不與宰相同行至道中呂正惠公與冦
萊公同為叅知政事正惠先相恐萊公意不平乃請進
與宰相同行萊公罷復如舊
服色凡言賜者謂於官品未合服而特賜也故職事官
服紫雖侍從以上官未當其品亦皆言賜若官當其品
雖非侍從如磨勘告便不帶賜矣告不帶賜則亦不當
入銜近見士大夫有悮以賜為正服之名雖官及品而

衢猶沿習言賜此不惟不知所應服亦自讀其告不審也

郭進守雄州太祖令有司造第於御街之東欲以賜之使盡用甋瓦有司言非親王公主例不應用太祖大怒曰進為我捍契丹十餘年使我不憂西北豈不可比我兒女卒用之宅成以賜進屢辭乃敢受太平興國中始別賜進宅或以為因展脩相國寺併入為寺基也

祖宗駙馬都尉宅主薨例皆復納入官或別賜第曹沂

王宅徐懐德舊第也李和文宅亦王貽永舊第自和文
始世有之宏麗甲諸主第園池尤勝號東庄和文好賢
樂士以楊文公為師友其子孫多守家法一時名公卿
多從之游宣和間復取為擷芳園後改崇德宮以居寧
德皇后云

哲宗元祐初春秋尚少淵嘿未嘗語一日經筵司馬康
講洪範至乂用三德忽問只此三德為更有德羣臣聳
然康言三德雖少然推而廣之天下事無不皆在上曰

然

太宗留意字書淳化中嘗出内府及士大夫家所藏漢
晉以下古帖集為十卷刻石於秘閣世傳為閣帖是也
中間晉宋帖多出王貽永家貽永祁公之子國初藏名
書畫最多真蹟今猶有為李駙馬公炤家所得者實為
奇蹟而當時摹勒出待詔手筆多凝滯間亦有偽本如
李斯書乃李陽冰王宻德政碑石本也石後禁中被火
焚絳人潘師旦取閣本再摹藏於家為絳本慶歷間劉

丞相沆知潭州亦令僧希白摹刻於州廨為潭本絳本雜以五代近世人書徵出鋒希白自善書潭本差能得其行筆意元祐間徐王府又取閣本刻於木板無甚精彩建中靖國初曾丞相布當國命劉燾為館職取淳化所遺與近出者別為續法帖十卷字多作燾體又每下矣

考異淳化官帖黃魯直秦少游所記皆云板刻此乃云刻石非也魯直云元祐中親賢宅從禁中借板墨

百本分遺宫僚此云徐王府取閣本刻於木板豈各
自一事耶續法帖跋云元祐五年四月十三日秘書
省請以祕閣所藏墨蹟未經太宗朝摹刻者刊于石
有旨從之至建中靖國元年四月二十三日出内藏
緡錢十五萬趣其工以八月旦日畢鑱為十卷上之
此云曾丞相當國命劉燾别為續法帖十卷非也
楊文公以工部侍郎卒舊制四品不應得謚王文康公
為樞密使明其嘗與寇萊公共議請皇太子决事以其

家奏草上聞遂特賜謚李獻臣當制畧曰天禧之末政
漸宮闈能叶元臣議尊儲極文康萊公壻也
張僕射齊賢為相時其母晉國夫人年八十餘尚康强
太宗方眷張時召其母入内親款如家人余嘗於張氏
家見賜其母詩云往日貧儒母年高壽太平齊賢行孝
侍神理甚分明又一手詔云張齊賢拜相不是今生宿
世遭逢本性於家孝事君忠婆婆老福見兒榮貴祖宗
誠意侍大臣簡質不為飾蓋如此也

宣徽南北院使唐末舊臣也置院在樞密院之北總內諸司及三班內侍等事國初與樞密先後入敘班蓋視二府一等也每除樞密先為使者必辭請居其下而後從之熙寧間始詔定班樞密副使下元豐官制行猶存不廢自王拱辰改除節度使遂罷不除元祐間復置以命張安道後亦廢

燕樂教坊外復有雲韶班鈞容直二樂太祖平嶺表得劉氏閹官聰惠者八十人使學於教坊賜名簫韶部後

改令名鈞容直軍樂也太平興國中擇軍中善樂者初曰引龍直以備行幸騎導淳化中改今名皆與教坊󠄀
用元豐後又有化成殿覦事官

唐中書制詔有四封拜冊書用簡以竹為之畫旨而施行者曰發曰勅用黃麻紙承旨而行者曰勅牒用黃藤紙赦書皆用絹黃紙始貞觀間或云取其不蠹也紙以麻為上藤次之用此為輕重之辨學士制不自中書出故獨用白麻紙而已因謂之白麻今制不復以紙為辨

號為白麻者亦池州楮紙耳曰發曰勑蓋今手詔之類

而勑牒乃尚書省牒其紙皆一等也

職事官差除皆除目先下惟中書舍人宰相得旨朝退

遣直省官召詣都堂面傳旨召試被命者致辭丞相謝

之直省官徑引入中書省前期侍郎廳設幕次几案於

中就坐少頃本省吏房主首持丞相封題目來即就試

中書具食罷侍郎致茶果是日宰相住省俟納試卷始

上馬翌日進呈除命方下蓋召試之制也有思遲不即

就者往往過期或為留內門然已不稱職矣嘉祐間有試而不除改天章閣待制者

考異咸平中黄夷簡曾致堯皆試而不除嘉祐七年司馬溫公既試除知制誥力辭改天章閣待制黄曾雖試而不除非改待制也溫公雖改待制非試而不除也

韓門下維以賜出身熙寧末特除翰林學士崇寧中林彥振賜出身用韓例亦除翰林學士國朝以來學士不

由科第除者唯此二人

唐制翰林學士本職在官下五代趙鳳為之始謳宰相任圜移在官上後遂為定制本朝凡兼學士結銜皆以職名為冠蓋沿習此例

考異趙鳳乃端明殿學士此云翰林學士非此書第四卷亦云趙鳳為端明殿學士云兼學士非兼也此云本朝凡兼學士結銜皆以職名為冠第四卷又云唐以宰相兼昭文館集賢殿學士結銜皆在官下兼

職宜然本朝循用其舊云云前後未免牴牾

自兩漢以來謂中書為政本蓋中書省出令而門下省覆之王命之重莫大於此故唐以後以同中書門下平章事為宰相者此也尚書省但受成事而行之耳本朝沿習唐制官制行始用六典別尚書門下中書為三省各以其省長官為宰相則侍中中書尚書令是也既又以秩高不除故以尚書令之貳左右僕射為宰相而左僕射兼門下侍郎以行侍中之職右僕射兼中書侍郎

以行中書令之職而別置侍郎以佐之則三省互相無矣然左右僕射既為宰相則凡命令進擬未有不由之出者而左僕射又為之長則出命令之職自已身行尚何省而覆之乎方其進對執政無不同則所謂門下侍郎者亦預聞之矣故批旨皆曰三省同奉聖旨既已奉之而又審之亦無是理門下省事惟給事中封駁而已未有左僕射與門下侍郎自駁已奉之命者則侍中侍郎所謂省審者殆成虛文也元祐間議者以詔令稽留

吏員冗多徒為重複因有併廢門下省之意後雖不行然事有當奏稟左相必批送中書左相將上而右相有不同往往或持之不上或退送不受左相無如之何侍郎無所用力事權多在中書自中書侍郎遷門下侍郎雖名進其實皆未必樂也

考異此云唐以後以同中書門下平章事為宰相後又云唐參知乃宰相而平章乃參佐之名秦漢至唐有官名雖相沿而實不同者尚書秦官漢武帝使宦

者典事尚書謂之中書故蕭望之謂中書政本又云
尚書百官之本宜罷中書宦官也至成帝乃罷中書
宦者置尚書魏武帝為魏王置祕書令典尚書奏事
文帝改為中書令此云自兩漢以來謂中書為政本
中書省出令而門下省覆之又云尚書省但受成事
行之蓋漢魏所謂尚書中書者本出於一且初未有
門下省令乃以歷代官名職制混而言之非也
故事職事官以告老得謝受命即行不入謝辭為其致

為臣而去也神宗初李少保東之自侍讀致仕上特召對延和殿命坐賜茶退偕講讀官燕餞於資善堂後數日李侍郎受繼去亦用東之故事名對賜燕二人皆英宗經筵舊臣故禮之特厚非常例也當時謂之二李東之文定公子素忠謹樂易受亦謹慎長者云

景祐中宋莒公為知制誥仁宗眷之厚即除同知樞密院事時王沂公為相以故事未有自知制誥除二府者乃改翰林學士明年遂除叅知政事

唐參議朝政參議政事參知機務參知政事皆宰相之任也參知政事蓋劉洎為相時名唐初宰相未有定名因人而命皆出於臨時其後高宗欲用郭待舉為參知政事以其資淺故命於中書門下同受進止平章事參知非參佐也蓋宰相非一人猶言共知爾而平章乃參佐之名本朝太祖始以趙中令獨相久欲拜薛文惠公等為之副而難其名名學士陶穀問下丞相一等有何官穀以唐有參知政事對遂以命之不知此名本自高

於平章事輕重失倫後遂沿習莫能改云

本朝以科舉取士得人為冣盛宰相同在第一甲者王文正榜王文忠宋莒公榜曾魯公王伯庸榜韓魏公文潞公劉煇榜劉莘老章子厚葉祖洽榜蔡魯公趙正夫惟楊寘榜王禹玉韓子華王荆公三人皆又連名前世未有也自熙寧三年余中榜至今惟焦蹈榜徐擇之一人而已他榜亦未有登執政者

元豐末文潞公致仕歸洛入對時年幾八十矣神宗見

其康強問卿攝生亦有道乎潞公對無他臣但能任意

自適不以外物傷和氣不敢作過當事酌中恰好即止

上以為名言

館職初除故事皆行啟徧謝內外從官以上從官惟中

書舍人初除亦行啟徧謝內外葢惟此兩職試而後除

與直拜命者異故其禮亦殊近年中書舍人行啓但及

見任執政而不及外館職雖在內從官亦有不及者矣

三衙內見宰執皆横杖子文德殿後主廊堦下唱喏宰

執出笏搢上揖之外遇從官於通衢皆歛馬避歛馬之制久廢前輩記之矣惟內中橫杖子之禮迄今不敢廢也

舊制幞頭巾皆折而歛前神宗嘗謂近臣此製有承上之意紹聖後始有改而偃後者一時宗之謂前為歛巾遂不復用此雖非古服隨時之好然古者為冕皆前俯而後仰歛巾尚有遺意也

元豐既新官制四十年間職事未有不經除者惟御史

大夫左右散騎常侍至今未嘗除人蓋兩官為臺諫之長非宰執所利故無有啟之者或云元豐末黄安中為中丞久次神宗欲擢為常侍會寢疾不果崇寧中朱聖予為中丞嘗請除二官竟不行

唐制降勅有所更改以紙帖之謂之帖黄蓋勅書用黄紙則貼者亦黄紙也今奏狀劄子皆白紙有意所未盡揭其要處以黄紙别書於後乃謂之貼黄蓋失之矣其表章畧舉事目與日月道里見於前及封皮者又謂之

引黄
矯大朝會等慶賀及春秋謝賜衣請上聽政之類宰相
率百官奉表皆禮部郎官之職唐人謂之南宫舍人元
豐官制行謂之知名表郎官禮部别有印曰知名表印
以其從上官一人掌之大觀後朝廷慶賀事多非常例
郎官不能得其意蔡魯公乃命中書舍人雜為之既又
不欲有所去取於是叅取首尾或摘其一兩聯次比成
之故辭多不倫當時謂之集句表禮部所撰惟春秋兩

謝賜衣表而已

後唐明宗嘗入倉觀受納主吏懼責其多取乃故為輕量明宗曰倉廩宿藏動經數歲若取之如此後豈免銷折乎吏因訴曰自來主藏者所以至破家竭産以償欠正為是明宗惻然乃詔自今石取二升為雀鼠耗至今行之所謂加耗者是也明宗知恤吏矣不知反墮其計中遂為民害近世立盤量出剩法本防吏姦而州縣貪暴者因以斂民至於倍蓰以其正數上供及應監司之

求而留出剩以自給監司知之亦不問加耗又不足言
也
唐至五代國初京師皆不禁打繖五代始命御史服裁帽
本朝淳化初又命公卿皆服之既有繖又服帽故謂之重
戴自祥符後始禁惟親王宗室得打繖其後通及宰相樞
密參政則重戴之名有别矣今席帽裁帽分為兩等中丞
至御史與六曹郎中則於席帽前加全幅皁紗僅圍其半
為裁帽非臺官及自郎中而上與員外而下則無有為席

帽不知何義而裁與席之名亦不可曉宋次道記金帶曾經賜者皆許繫宰相罷免雖散官並依舊服笏帶因宣獻公為學士以玉清昭應宮灾落職為中書舍人仍繫遇仙花帶李文定天聖中自秘書監求朝除刑部侍郎仍繫笏頭帶以為經賜許服景祐中著於詔令近歲前執政官到闕止繫遇仙花帶從官非見帶學士亦不敢繫待制自如本品無職則隨本官在庶官班中皆繫皂帶蓋閤門之制不知衝改始何時余建炎中名至揚

州行在以杭州變罷職官朝請大夫親如上制

元豐以後待高麗之禮特厚所過州皆旋為築館别為

庫以儲供帳什物始至太守皆郊迓其餞亦如之張安

道知南京獨曰吾嘗班二府不可為陪臣屈乃使通判

代將迎已受謁而後報時以為得體太觀中蔡元度知

鎮江高麗來朝遂亦用安道例

契丹歷法與本朝素差一日熙寧中蘇子容奉使賀生

辰適遇冬至本朝先契丹一日使副欲為慶而契丹館

伴官不受子容徐曰歷家遲速不同不能無小異既不能一各以其日為節致慶可也契丹不能奪遂從之歸奏神宗喜曰此事難處無踰於此其後奉使者或不知此遇朔日有不同至更相推謁而不受非國體也

考異此云熙寧中第九卷云元豐中此云冬至本朝先契丹一日第九卷云契丹歷先一日此云使副欲為慶契丹館伴官不受第九卷云契丹趣使者入賀皆前後牴捂按蘇墓誌云熙寧十年冬至本朝歷先

契丹一日敵疑彼此致慶當孰從公言各從本朝歷

可也

給事中中書舍人雖皆四品給事中自服緋除受告日

便自易服蓋品應得也惟中書舍人必俟後殿正謝面

賜乃易服後殿不常坐或待數日或緋或緑緑猶仍其

舊服祖宗時知制誥皆然而亦有不賜者李憲成公諮

自知制誥出守荆南尚服緋以學士召還併賜紫而後

服金帶是也

國朝選人寄禄官凡四等七資留守節察判官掌書記支使防團判官留守節察推官軍事判官為兩使職官防團軍事推官軍監判官為初等職官司録縣令知縣為令録軍巡判官司理司戶司法簿尉為判司簿尉其陞遷之序則自判司簿尉舉令録遷令録舉職官遷初等職官自職令薦書及格皆改京官不及格而有二薦書則遷兩使職官謂之短般以勞叙賞謂之循資崇寧中鄧樞密洵武建言以為名實混殽不正乃改令七等

名

欽定四庫全書

石林燕語卷四

宋　葉夢得　撰

宇文紹奕　考異

官制寄祿官銀青光祿大夫與光祿正議中散朝議皆分左右朝議中散有出身人皆超右其餘並以序遷大觀中余為中書舍人奉詔以為非元豐本意下擬定釐正乃參取舊名以奉直易右朝議中奉易左中散通奉

易右正議正奉易右光禄宣奉易左光禄而右銀青光禄大夫正為光禄大夫遂為定制

故事百官磨勘中書上用定辭熙寧中孫巨源為知制誥建言君恩無高下何獨於磨勘簡之非所以重王命也乃詔各為辭元豐官制行惟侍從官而上吏部檢舉奏抄命辭他官自陳於吏部奏抄擬遷而不命辭

國朝兩制皆避宰相執政官親曾魯公修起居注貫文元為相其友壻也當名試乃除天章閣待制文元去位

始為知制誥劉元甫王文定之甥當文定為条知政事
乃以侍讀學士出知揚州宋子京王原叔避翰林學士
子京避莒公改龍圖閣學士原叔避文安改侍讀學士
元祐間蘇子由秉政子瞻自揚州名為承旨引原叔例
請補外不從近歲惟避本省官如宰相二丞親則不除
尚書侍郎門下侍郎親則不除給事中中書侍郎親則
不除舍人之類六曹尚書避親多除翰林學士蓋於三
省無所隷異於舊制自子瞻以來然也

大駕儀仗通號鹵簿蔡邕獨斷已有此名唐人謂鹵櫓也甲楯之別名凡兵衛以甲楯居外為前導捍蔽其先後皆著之簿籍故曰鹵簿因舉南朝御史中丞建康令皆有鹵簿為君臣通稱二字別無義此說為差近或又以鹵為鼓簿為部謂鼓駕成於部伍不知鹵何以謂之鼓又謂石季龍以女騎千人為一鹵部簿乃作部皆不可曉今有鹵簿記宋宣獻公所修審以部為簿籍之簿則既云簿不應更言記

唐制節度使加中書門下平章事為使相自郭元振始
李光弼等繼之蓋平章事宰相之名以節度使兼故云
爾也國朝因之元豐官制罷平章事名而以開府儀同
三司易之亦帶節度使謂之使相蓋以儀同為相也
唐書言大臣初拜官獻食天子名曰燒尾蘇瓌為相以
食貴百姓不足獨不進然唐人小説所載與此不同乃
云士子初登科及在官者遷除朋僚慰賀皆盛置酒饌
音樂宴之為燒尾舉韋嗣立入三品趙彦昭假金紫崔

卷四

湜復舊官中宗皆令於興慶池燒尾則非獻食天子也其觧燒尾之義以為虎豹化為人惟尾不化必以火燒之乃成人猶人之新除必樂飲燕客乃能成其榮其言迂誕無據然謂太宗已嘗問朱子奢則其來蓋已久矣近世獻食天子固無是而朋僚以音樂燕集亦未之講也

慶歴五年賈文元為相始建議重修唐書詔以判館閣王文安宋景文楊宣懿寀趙康靖槩及張文定余襄公

為史館修撰刋修未幾諸人皆以故去獨景文下筆已
而景文亦補外乃許以史藁自隨編修官置局於京師
者仍舊遇有疑義取證則移文於局中往來迂遠書久
不及成是時歐陽文忠公非文元所喜且方貶出獨不
得預嘉祐初文忠還范蜀公為諫官乃請以紀志並屬
文忠至五年書始成初文元以宰相自領提舉官及罷
去陳恭公相辭不領乃命叅知政事王文安詵奏書亦
曾魯公以叅知政事領也

從駕謂之扈從始司馬相如上林賦云扈從横行出乎
四校之中晉灼以扈為大張揖謂跋扈從横不案鹵簿
故顔師古因之亦以為跋扈恣縱而行果爾從蓋作平
聲侍天子而言跋扈可乎唐封演以為扈養以從猶之
僕御此或近之然不知通用此語自何時也
唐自明皇以誕日為千秋節其後肅宗為地平天成節
至代宗羣臣請建天興節不報自是歴德順憲穆敬五
帝皆不為節文宗太和中復置慶成節故武宗為慶陽

節終唐世宣宗為壽昌節僖宗為嘉會節昭宗為乾和
節中間惟懿宗不置則唐世此禮亦不常各係其時君
耳千秋節詔天下咸燕樂有司休務三日其餘凡建節
皆以為例穆宗雖不建節而紫宸殿受百官稱賀命婦
光順門賀皇太后及有麟德殿沙門道士儒官討論三
教之制文宗時又嘗禁屠宰燕會惟蔬食脯醢後旋仍
舊

熙寧初改經義取士興建太學訖崇寧罷科秋賦每牓

魁南省皆迭為得失始余中牓邵剛魁得次徐鐸牓余幹落時彦牓黄中魁得次黄裳牓侯綬落惟焦蹈牓陶直夫落差一牓次七牓李常寧畢漸李釜蔡薿牓章綡李朴蔡靖陳國林皆得馬涓何昌言霍端友牓費元量王瞻陳賔皆落不差一人亦可怪也時謂之雄雖解元

兩京留臺皆有公宇亦榜曰御史臺舊為前執政重臣休老養疾之地故例不視事皇祐間吴正肅公為西京留臺獨舉其職時張堯佐以宣徽使知河南府郡政不

當有訴於臺者正肅即為移文詰之堯佐惶恐奉行不
敢異其後司馬温公熙寧元豐間相繼為者十七年雖
不甚預府事然亦守其法令甚嚴如國忌行香等班列
有不肅亦必繩治自創置宮觀後重臣不復為率用常
調庶官比宮殿給使請俸差優爾朝廷既但以此為恩
故來者犇走府廷殆與屬吏無異矣
國朝侍從官間有換武職者蓋唐袁滋故事例皆換觀
察使如李尚書維自承旨李左丞衡自三司使皆然天

聖問陳康肅以翰林學士知開封府亦换宿州觀察使
加檢校司徒知天雄軍陳不樂行力辭明肅后以隻日
御朝而諭之曰天雄朔方會府敵人視守臣為輕重非
文武兼材不可陳不得已受命自是加留後遂建節慶
歷中陝西用兵韓魏公范文正公龐莊敏公為帥皆以
龍圖閣直學士换觀察使文正懇辭不拜蓋當權者實
欲排之而以倖優為言故文正不肯受已而韓龐亦辭
遂罷

臣僚上殿劄子末槩言進止猶言進退也此蓋唐日輪清望官兩員於禁中以待名對故有進止之辭崔祐甫奏待制官候奏事官盡然後趨出於内廊賜食待進止至酉時放是也今乃以為可否取決之辭自三省大臣論事皆同壹體著為定式若爾自當為取聖旨蓋沿習唐制不悟也

唐武德初以太宗為西討元帥自是非親王不為安禄山叛以哥舒翰守潼關除諸道兵馬元帥始以臣庶為

之至德初代宗以廣平王為天下兵馬元帥郭子儀為
副其後又以舒王謨為荆南等道節度諸軍行營都元
帥加都字自是始此皆實領兵柄唐末以授錢鏐則姑
以名寵之爾
唐乾元中以戶部尚書李峘為都統淮南江東江西節
度使始立都統之號其後以節度使充者建中二年李
勉以汴州節度使充汴宋滑亳河陽等道都統是也宰
相充者中和二年王鐸以司徒中書令為京城四面諸

道行營兵馬都統是也

高麗自三國以來見於史者句驪其國號高其姓也隋去句字故自唐以來止稱高麗五代史記後唐同光元年韓申來其王尚姓高則自三國至五代止傳一姓長興中始稱權知國事王建王氏代高當在同光長興之間而史失其傳元豐初王徽遣使金梯入貢建之七世孫也其表章稱知國王事蓋習用其舊而年稱甲子以其受契丹正朔故也

唐以宰相兼昭文館集賢殿學士結銜皆在官下蓋兼職宜然本朝循用其舊而他學士則皆冠於官上北自五代趙鳳為之也後唐置端明殿學士以命鳳及馮道後鳳遷禮部侍郎因懇宰相任圜升學士於官上蓋自示其貴重故本朝觀文殿大學士而下皆以為例亦世以職為重故爾若宰相則所貴不待職也

樞密使唐書五代史皆不載其創始之因蓋在唐本官者之職唐中世後宦人使名如是者多殆不勝記本不

係職官重輕而五代特因唐名而增大之故史官皆不
暇詳考據續事始云代宗永泰中以中人董秀管樞密
因置內樞密使續事始爲蜀馮鑑所作也
唐翰林學士結銜或在官下無定制余家藏唐碑多如
太和中李藏用碑撰者言中散大夫守尚書戶部侍郎
知制誥翰林學士王源中之類則在官下大中中王巨
鏞碑撰者言翰林學士中散大夫守中書舍人劉瑑之
類則在官上瑑仍不稱知制誥殊不可曉不應當時官

名升降龎雜乃爾也

尚書省文字下六司諸路例皆言勘會魯公為相始改作勘當以其父名會避之也京師舊有平準務自漢以來有是名蔡魯公相以其父名準亦改為平貨務

唐舊制集賢書藏於門下省永泰後以勲臣罷節制歸京師者無職事欲以慰其意乃詔與儒臣日並於集賢院待制仍賜錢三千緡為食本以給其費於是郭英乂孫志直藏希讓高昇王延昌與裴遵慶暢璀崔渙賈至

李季卿吴令珪等十一人皆在選待制之名於此蓋無
別於文武余有裴士淹所作孫志直碑待制給食入銜
此出一時權宜後不以為常故唐書載之不詳
向傳範欽聖太后之叔也在神宗時已為觀察使歷知
陜州滄州矣神宗即位徙知鄆州楊繪知諫院言鄆州
領京東西路安撫使不宜以后族為之文潞公在樞府
因稱傳範在先朝已累典大郡今用非以外戚上徐曰
得諫官如此言亦甚好可以止他日妄求者乃移知潞

州祖宗用人無私雖以材選而每不忘後世之戒如此
婕妤史記索隱訓婕為承妤為佐字本皆從人大抵古
人取訓各以其意適然者而字多從省蓋便捷也乃相
承敏捷之意字從省去才伃為相予則訓佐理亦宜然
後以為婦職因易人為女耳
元豐既新官制建尚書省于外而中書門下省樞密學
士院設于禁中規摹極雄嚴其堊壁屏下悉用重布不
紙糊尚書省及六曹皆書周官兩省及後省樞密學士

院皆郭熙一手畫中間甚有傑然可觀者而學士院畫
春江曉景為尤工後兩省除官未嘗足多有空閑處看
守老卒以其下有布往往竊毀盜取徐擇之為給事中
時有竊其半屏者欲付有司會竊處有刀痕議者以禁
廷經由林連所及多遂止然因是毀者浸多亦可惜也
古者婦人無名以姓為名或係之字則如仲子季姜之
類或繫之謚則如戴媯成風之類各不同周人稱王姬
伯姬蓋周姬姓故云而後世相承遂以姬為婦人通稱

以戚夫人為戚姬虞美人為虞姬自漢以來失之政和間改公主而下名曰帝姬族姬此亦沿習熟慣而不悟

國姓自當為嬴余嘗以白蔡魯公憚於改作而止

曾宣靖公提舉修英宗實録成將上故事當遷一官曾官已左僕射乃預辭於上曰臣官進一等則為司空此三公之職也坐而論道不可以賞勞神宗以為誠遂從其請書上曾獨不遷官人以為得體

考異時韓忠獻進仁宗實録曾宣靖進英宗實録韓

奏竊見宰臣李沆吕夷簡提舉編修太宗實録及三
朝國史並乞書成更不推恩皆蒙上俞允云云曾言
若遷官臣須改司空韓琦須改太保三公亦非賞勞
之官遂皆許之然則其同時有韓其異時有李吕今
正記曾預辭於上而云獨曾不遷官人以為得體非
也
治平初議濮廟者六人吕獻可為中丞吕微仲范堯夫
趙大觀傅欽之與龔鼎臣為御史既同時相繼被貶天

下號六御史

唐人初未有押字但草書其名以為私記故號花書韋陟五雲體是也余見唐誥書名未有一楷字令人押字或多押名猶是此意王荆公押石字初横一畫左引脚中為一圈公性急作圈多不圓往往窩匾而收横畫又多帶過常有密議公押反字者公知之加意作圈一日書楊蟠差遣勑作圈復不圓乃以濃墨塗去旁别作一圈蓋欲矯言者楊氏至今藏此勑

祖宗時監司郡守薦部吏初無定員有其人則薦之故人皆慎重不肯輕舉改官每歲殆無幾自慶歷後始以屬邑多寡制數於是各務充元額不復更考材實改官人歲遂增至數倍事有欲革弊而反以為弊者固不得不慎其初治平中賈直孺為中司甞以為言朝廷終莫能處蓋人情狃習既久雖使復舊亦不可為也

祖宗時見任官應進士舉謂之鏁廳雖中選止令遷官而不賜科第不中者則停見任其愛惜科名如此淳化

三年滁州軍事推官鮑當等應舉合格始各賜進士及
第自是遂皆賜第
考異太平興國五年見任官赴殿試者六人惟單餗
周繕賜及第餘皆諸州節度掌書記云遷官而不賜
科第非皆如此也
天聖末詔即河南永安縣訾王山建宫以奉太祖太宗
真宗神宗御容欲其近陵寢也宫成賜名會聖改訾王
山爲鳳臺山自是祖宗山陵成皆奉安於宫中蘇子瞻

神宗山陵曲赦云敞鳳臺之仙宇粲龜洛之仁祠鳳臺以山名也宣祖初葬今京城南既遷陵寢遂以其地建奉先寺仍為別殿歲時奉祠宣祖昭憲太后其後祖宗山陵遂皆即京師寺宇為殿如奉先故事興國開先殿以奉太祖啟聖院永隆殿以奉太宗慈孝崇真殿以奉真宗普安殿以奉元德皇后元豐間建景靈宮於是皆奉迎以置原廟自奉先而下皆廢普安亦元德皇后殯宮舊地也

咸平中以侍讀侍講班秩未崇乃命楊徽之為翰林侍讀學士邢昺為侍講學士班翰林學士下講讀置學士自此始其後昺以老請補外真宗以其久在講席使以本職知曹州而張文節公罷叅知政事知天雄軍改翰林侍讀學士於是講讀學士始為兼職得外任慶歴後凡自翰林學士出者例皆換侍讀學士遂為故事

考異咸平二年命楊徽之夏侯嶠吕文仲為翰林侍讀學士此止載楊徽之未盡也云講讀學士始為兼

職非兼也

趙中令為相李處耘為樞密使處耘之女為中令子婦並居二府不避姻家皇祐中文潞公為相程康肅為樞密副使熙寧中王荆公為相吴正憲為樞密副使皆不避

江南李煜既降太祖嘗因曲燕問聞卿在國中好作詩因使舉其得意者一聯煜沉吟久之誦其詠扇云揖讓月在手動摇風滿懷上曰滿懷之風却有多少他日復

燕煜顧近臣曰好一箇翰林學士

咸平三年王魏公知舉數日即院中拜同知樞密院事

當時以為科舉盛事余紹聖試禮部時鄧安惠公温伯

以翰林學士承旨知舉亦就拜尚書右丞時試已第二

場鄧公自廳事上馬揚鞭左右揖諸生而去自魏公後

繼之者惟鄧公也

吴越錢俶初來朝將歸朝臣上疏請留勿遣者數十人

太祖皆不納曰無慮俶若不欲歸我必不肯來放去適

可結其心及俶辭力陳願奉藩之意太祖曰盡我一世
盡你一世乃出御封一匣付之曰到國開視道中勿發
也俶載之而歸日焚香拜之既至錢塘發視乃羣臣請
留章疏俶覽之泣下曰官家獨許我歸我何可負恩及
太宗即位以盡一世之言遂謀納土
寇萊公性豪侈所臨鎮燕會常至三十醆必盛張樂尤
喜柘枝舞用二十四人每舞連數醆方畢或謂之柘枝
顛始罷樞密副使知青州太宗眷之未衰數問左右寇

準在青州樂否如是一再有揣帝意欲復用者即曰陛下思準不少忘聞準日置酒縱飲未知亦思陛下否上雖少鮮然明年卒召為參知政事祖宗用人之果不使細故讒人得乘間如此

林文節連為開封府南省第一廷試皆屬以魁選神宗亦遣近璫伺其程文畢先進呈時試民監賦破題云天監不遠民心可知比至上前一近侍旁觀忽吐舌蓋惡其語忌也仁宗由是不樂亟付考官依格考校考官之

意不敢置之上等入第三甲而得章子平卷子破題云

運啟元聖天臨兆民上幸詳定幕次即以進呈上曰此

祖宗之事朕何足以當之遂擢為第一

欽定四庫全書

# 石林燕語卷五

宋 葉夢得 撰

宇文紹奕 考異

祥符中楊文公為翰林學士以久疾初愈入直乞權免十日起居詔免半月仍令出宿私第文公具表謝真宗以詩批其末賜之云承明近侍究儒玄苦學勞心疾已痊善保興居調飲食副予前席待多賢祖宗眷禮儒臣之盛古未有也

考異文公疾在假詔遣使挾醫視之文公上表謝真
宗以詩批其末賜之其權免起居又别是一節也見
會要而金坡遺事云文公被疾既赴朝參具狀稱謝
御筆於狀尾批七言二韻詩賜之兩說不同然要非
因權免起居賜詩也
太祖初命曹武惠彬討江南潘美副之將行賜燕於講
武殿酒三行彬等起跪於榻前乞面授處分上懐中出
一實封文字付彬曰處分在其間自潘美以下有罪但

開此徑斬之不須奉禀二臣股栗而退訖江南平無一
犯律者比還復賜燕講武殿酒三行二臣起跪於榻前臣
等幸無敗事昨面授文字不敢藏於家即納於上前上徐
自發封示之乃白紙一張也上神武機權如此初特以是
申命令使果犯而發封見爲白紙則必入禀及歸而示之
又將以見初無輕斬之意恩威兩得故雖彬等無不折服
仁宗初復制科立等甚嚴首得富公次得吴春卿張安
道蘇儀甫惟吴春卿入三等富公而下皆第四等自是

訖蘇子瞻方再入第三等設科以來兩人而已故予謄謝啟云誤占久虛之等按此條已見第二卷此條重出緣中閒詳畧稍異今並存之

國初貢舉法未備公卿子弟多艱於進取蓋恐其請託也范杲魯公之兄子見知陶穀竇儀皆待以科甲會有言世祿之家不當與寒畯爭科名者遂不敢就試李內翰宗諤已過省以文正為相唱名辭疾不敢入亦被黜文正罷相方再登科天禧後立法有官人試不中者皆科私罪仍限以兩舉式云王冀公所請也慶歷以來條

令日備有官人仍别立額於是進取者始自如矣
考異天禧二年王欽若請鑠廳人不及格坐私罪天
聖四年詔免責罰聽再舉以僑制試禮部不及格贖
銅永不得應舉也七年詔文臣許應兩次武臣一次
蓋科罪者王巽公所請而免責罰許兩次者乃後来
從寛今併云巽公所請非也
歐陽文忠公初薦蘇明允便欲朝廷不次用之時富公
韓公當國雖韓公亦以為當然獨富公持之不可曰姑

少待之故止得試銜初等官允明不甚滿意再除方得

編修因革禮前輩慎重名器如此元祐間富紹廷欲從

子瞻求為富公神道碑久之不敢發其後不得已而言

一請而諾人亦以此多子瞻也

元祐初文潞公為太師吕申公為左僕射皆以高年特

賜免拜二公力辭蘇子瞻為翰林學士因論八十拜君

命一坐再至此但傳命非朝見猶且不免周天子賜齊

小白無下拜非不拜謂無降階然終下拜今二臣既辭

宜當從其請遇見問或傳宣免則可為非常之恩仍降允詔當時以為得體

故事臣寮告老一章即從仁宗時始命一章不允兩章而後從所以示優禮也熙寧末范景仁以薦蘇子瞻孔經甫不從曰臣無顔可見班列乃乞致仕章四上不報最後第五章併論青苗法於是始以本官致仕神宗初未嘗怒也景仁既得謝猶居京師者三年時王禹玉為執政與景仁久同翰林景仁每從容過之道舊樂飲終

日不以為嫌當權者亦不之責元祐初熙寧元豐所廢舊臣自司馬温公以下皆畢集於朝獨景仁屢召不至世尤以為高云

唐人記張延賞妻苗晉卿女父為宰相舅嘉貞子宏靖皆宰相壻韋臯雖不為真相而食王爵以為有唐衣冠之盛一門而已本朝韓忠憲億夫人王魏公女忠憲参知政事雖不為相而康公玉汝皆洊登相位（按舊本康公以下有脫文）（今據宋史本傳增入）持國又為門下侍郎長子綜雖早死亦為知

制誥皆王氏出壻李内翰淑與苗氏殆不相逺他士族
未有比者
宰執每歳有内侍省例賜新火冰之類將命者曰快行
家皆以私錢一千贈之元豐元年除日神宗禁中忽得
吳道子畫鍾馗像因使鏤板賜二府吳冲卿時為相欲
贈以常例王禹玉曰上前未有特賜此出異恩當稍增
之乃贈五千其後御藥院遂為故事明年除日復賜冲
卿例復授五千冲卿因戲同列曰一馗足矣衆皆大笑

宣和間一二大臣恩幸既殊將命之人有飲食果實而得五十千者或至一再賜也

司空圖朱全忠篡立召為禮部尚書不起遂卒宋次道為河南通判時嘗於御史臺案牘中得開平中為圖薨輟朝勑乃知雖亂亡之極禮文尚不盡廢至如表聖蓋義不仕全忠者然亦不以簡之也

大臣及近戚有疾恩禮厚者多宣醫及薨例遣內侍監護葬事謂之勑葬國醫未必皆高手既被旨須求面投

藥為功病者不敢辭偶病藥不相當往往又為害勑葬喪家無所預一聽於監護官不復更計費惟其所欲至罄家資有不能辦者故諺云宣醫納命勑葬破家近年勑葬多上章乞免朝廷知其意無不從者

試院官僖不為小録崇寧初霍端友牓安樞密惇知舉始創為之余時為點檢試卷官自後遂為故事進士小録具生月日時者叙齒也安喜考命考官有善談命者數人安日使論之故亦具生月日時則過矣

公燕合樂每酒行一終伶人必唱唯酒然後樂作此唐人送酒之辭本作碎音今多為平聲文士亦或用之王仁裕詩淑景易隨風雨去芳樽須用管弦唯

京師百司胥吏每至秋必醵錢為賽神會往往因劇飲終日蘇子美進奏院會正坐此余嘗問其何神曰蒼王蓋以蒼頡造字故胥吏祖之固可笑矣官局正門裏皆於中間用小木龕供佛曰不動尊佛雖禁中諸司皆然其意亦本吏畏罷斥以為禍福甚驗事之極恭此不惟

流俗之謬可笑雖神佛亦可笑也

舊制學士以上賜御仙花帶而不佩魚雖翰林學士亦然惟二府服笏頭帶佩魚謂之重金元豐官制行始詔六曹尚書翰林學士雜學士皆得佩魚故蘇子瞻謝翰林學士表云玉堂賜篆仰淳化之彌文寶帶重金佩元豐之新渥

玉堂之署四字太宗飛白書淳化中以賜蘇易簡案此條詳見第七卷恐別有脫誤今並存之

樞密院既專總兵柄宰相非兼領殆不復預聞慶歷初元昊用兵富公為諫官乃請宰相如故事兼院事時呂文靖為相不欲兼富公爭之力遂兼樞密使自是相繼為相者初授除皆帶兼使八年文潞公自參知政事相始不帶兼使于是皇祐初宋莒公龐潁公相皆不兼蓋元昊已納款故也神宗初更官制王荊公諸人皆欲罷樞密院神宗難之其後遂定官制論者終以宰相不預兵政為嫌使如故事復兼則非正名之意乃詔釐其事

大小大事三省與樞密同議進呈畫旨稱三省樞密院同奉聖旨三省官皆簽書付樞密院行之小事樞密院獨取旨行訖關三省每朝三省樞密院先同對樞密院退待於殿廬三省始留進呈三省事退樞密院再上進呈獨取旨遂為定制

殿廬幕次三省官為一幕樞密院為一幕兩省官為一幕尚書省官為一幕御史臺為一幕中司則獨設椅子坐於隔門之内惟翰林學士與知開封府同幕蓋舊制

知府常以翰林學士兼故也始樞密院與中書門下同一幕趙中令末年太祖惡其專而樞密使李崇矩乃其子婦之父故特命析之迄今不改

唐制惟弘文館集賢院置學士宰相得兼外他官未有兼者亦别無學士之名如翰林學士侍讀學士侍講學士侍書學士乃是職事之名爾自後唐安重誨為樞密使明宗以其不通文義始置端明殿學士以馮道趙鳳為之班樞密使下食於其院端明即正衙殿也本朝改

端明為文明以命程羽自後文明避真宗謚號改紫宸既又以紫宸非人臣所稱改觀文則端明文明紫宸本一殿觀文雖異而創職之意則同四名均一等職也明道中既別改承明殿為端明仍置學士中間又設資政殿大學士學士則職名增多不得盡循舊制始真宗為王冀公置資政殿學士班樞密下此即文明之職也蓋是時真宗眷冀公方厚故不除文明而別創此名及丁文簡之罷參政不除資政殿大學士復置觀文觀文班

在資政殿大學士上而皇祐中乃以命孫威敏蓋用丁
文簡故事爾輕重疑亦不論近歲自資政殿以上皆為
二府職名乃是本朝新制而端明殿為從官兼職之冠
則後唐故事也
考異唐弘文館集賢殿學士有非宰相而為之者宰
相亦非兼也明皇以集仙殿為集賢殿麗正書院為
集賢院殿與院不同此云集賢院非也有大學士有
直學士此云他官未有兼者亦別無學士之名非也

端明即西京正衙殿當有西京二字資政殿大學士
班文明學士下翰林學士承旨上此云班樞密下又
云即文明之職不知何據第六卷云班翰林承旨上
第十卷云班樞密副使下前後不同近歲有非二府
而除資政者亦有二府罷止除端明者端明往往特
拜此云近歲自資政殿以上皆為二府職名是本朝
新制而端明為從官兼職之冠則後唐故事皆非也
古者喪服有負版綴於領下垂放之方尺有八寸服傳

所謂負廣出於適寸者也鄭氏言負在背上適辟領也蓋喪服之制前有衰後有負版左右有辟領此禮不見於世久矣自秦漢以来未之聞程内翰公巽嘗言論語式負版非板籍之版乃喪服之版以予見齊衰者必式為證

堯稱陶唐氏舜稱有虞氏夏稱有夏氏唐虞夏或其封國或其所生土名故其先皆命以為氏後因以為國則堯舜禹者疑其為謚號也然易稱堯舜氏作則堯舜亦

氏豈復追稱之或以謚耶其通稱則皆謂之帝秦本欲
稱泰皇既去泰號稱皇帝固已過矣漢以後因之不能
易至唐武后天授中加尊號曰聖神皇帝中宗神龍加
尊號曰應天皇帝明皇又以年冠之稱開元皇帝其後
更相衍多至十餘字此乃生而為謚果何禮哉本朝初
廢不講仁宗景祐初羣臣用開元故事請以景祐為號
自是每遇南郊大禮畢則百官拜表加上尊號以示歸
美之意神宗即位諸臣累上尊號皆辭不受元豐三年

遂下詔罷之帝王之盛舉也

俗稱翰林學士為坡盖唐德宗時甞移學士院於金鑾坡上故亦稱鑾坡唐制學士院無常處駕在大内則置於明福門在興慶宫則置於金明門不專在翰林院也然明福金明不以為稱不甞居之爾諫議大夫亦稱坡此乃出唐人之語諫議大夫班本在給舍上其遷轉則諫議歲滿方遷給事中自給事中遷舍人故當時語云饒道斗上坡去亦須却下坡来以諫議為上坡故因以

為稱見李文正所記

國初取進士循唐故事每歲多不過三十人太宗初即

位天下已定有意於修文嘗語宰相薛文惠公治道長

久之術因曰莫若參用文武之士吾欲于科場中廣求

俊彥但十得一二亦可以致治居正曰善是歲御試題

以訓練將士為賦主聖臣賢為詩蓋以示參用之意特取

一百九人自唐以來未有也遂得呂文穆公為狀頭李參

政至第二人張僕射齊賢王參政化基等數人皆在其

間自是連放五牓通取八百一人一時名臣悉自此出矣

考異國初取進士每歲有不止三十人者此云多不過三十人非也

唐末五代武選有東西頭供奉左右班侍禁殿直本朝又增内殿承制崇班皆禁廷奉至尊之名然宰執及戚里當時得奏乞給使恩澤皆例受此官沿習既久不以為過政和中改武官名有拱衛親衛大夫等職宰相給

使有至此官者會其將罷或欲廕中之因言人臣而用拱衛親衛意不可測不知亦前日承制侍禁之類也

唐致仕官非有特敕例不給俸國初循用唐制至真宗乃始詔致仕官特給一半料錢盖以示優賢養老之意當時詔云始呈材而盡力終告老以乞骸賢哉雖歎於東門邈矣遂辭於北闕用尊耆德特示殊恩故士之得請者頗艱慶歷中馬季良在謫籍得致仕言者論而奪之盖以此其後有司既為定制有請無不獲人寖不以

為貴乃有過期而不請者於是御史臺每歲一檢舉有年將及格者則移牒諷之今亦不復舉矣

考異唐貞元五年蕭昕等致仕給半俸遂為例太和元年楊于陵致仕特全給俸料辭云半給之俸近古所行伏自思維已為過幸此云唐致仕官非有特勅例不給俸非也太宗淳化元年詔致仕官給半俸此云真宗非也咸平五年謝泌言致仕官近皆遷秩今録授朝官給半俸須有清名及勞効乃可聽乃詔七

十以上求退者許致仕因疾及歷任有贓犯者聽從便若謫籍不得致仕後來亦然范忠宣公是也蘇子由詩云餘年迫懸車奏草屢濡筆藉中顧未敢爾後當容乞是也明道二年大赦丁謂特許致仕真宗朝御史盧琰言朝士有衰老不退者請舉休致之典時二三名卿猶有不退之譏則過期不請非獨後來也唐三院御史謂侍御史與殿中侍御史監察御史也侍御史所居曰臺院殿中曰殿院監察曰察院此其公宇

之號非官稱也侍御史自稱端公知雜事則稱雜端而殿中監察稱曰侍御近世殿院察院乃以名其官蓋失之矣而侍御史復不稱臺院止曰侍御端公雜端但私以相號而不見於通稱各從其所沿襲而已

考異因話録侍御史衆呼為端公非自稱也

唐御史臺北向蓋沿隋之舊公堂會食侍御史設榻於南而主簿在北兩院分為東西故俗號侍御史為南榻

監察御史裏行監察御史之資淺者也始唐太宗自布

衣擢馬周令於監察御史裏行遂以名官馬周傳不載六典言之或曰始龍朔中王本立亦見唐人雜記然不若六典為可據也

考異馬周王本立為監察御史裏行皆見唐書職官志此云見六典及唐人雜記不若以唐書為據也唐侍御史殿中侍御史皆有裏行非獨監察御史也

唐詔令雖一出於翰林學士然遇有邊防機要大事學士所不能盡知者則多宰相以其處分之要者自為之

辭而付學士院使增其首尾常式之言而已謂之詔意故無所更易增損今猶見於李德裕鄭畋集中近歲或盡出於宰相進呈訖但召待詔即私第書寫或詔學士宰相面授意使退而具草然不能無改定也

元祐初用治平故事命大臣薦士試官職多一時名士在館率論資考次遷未有越次進用者皆有滯留之歎張文潛晁無咎俱在其間一日二人閲朝報見蘇子由自中書舍人除戸部侍郎無咎意以為平緩曰子由此

除不離核謂如菓之粘核者文潞公曰豈不勝汝枝頭
乾乎聞者皆大笑東北有果如李每熟不得摘輙便槁
土人因取藏之謂之枝頭乾故云

陳恭公自為參政時仁宗即眷之厚不但以其嘗請建
儲德之也皇祐初趙清獻諸人攻恭公二十餘章意終
不解一日喟然顧一老中官曰汝知我不樂乎中官曰
豈非以陳相公去住未定耶上曰然中官曰此亦易爾
既臺諫官有言何不從之使去上曰我豈不知此但難

得如此老子不謾我爾後不得已欲罷之猶令自舉代

恭公薦吳正肅公即名至闕下會賜宴正肅疾作不果

相然世亦以此多恭公也

陳恭公初相張安道為學士仁宗名至幄殿面諭曰善

為草麻辭無使外人得有言蓋恐其物望未孚也安道

載其請建儲之事云納忠先帝有德朕躬上覽稱善及

恭公薨墓碑未立時論者猶未一上賜額曰褒忠之碑

特命安道為之故安道首言褒忠碑者皇帝神筆表揚

故相岐國公執中之遺烈於是遂無議之者
考異納忠先帝有德朕躬乃陳恭公除參政制詞此
云麻詞非也
陳希夷將終密封一緘付其弟子使候其死上之既死
弟子如其言入獻真宗發視無他言但有愼火停水四
字而已或者以為道家養生之言而當時皆以為意在
國事無以是解者已而祥符間禁中諸處數有大火遂
以為先告之驗上以軍營人所聚居尤所當戒乃命諸

校悉書之門故令軍營皆揭此四字
元祐初哲宗將納后得狄諮女宣仁意向之而庶出過
房以問宰執或曰勲臣門閥可成王彦霖爲簽書樞密
院曰在禮問名女家荅曰臣女夫婦所生及列外氏官
諱今以狄女爲可將使何辭以對宣仁黙然遂罷議
考異元祐初當作元祐六年
帝女謂之公主盖婚禮必稱主人天子不可與羣臣敵
故以同姓諸侯主之主者言主婚爾而漢又有稱翁主

者諸侯之女也翁者老人之稱古人大抵謂父為翁諸侯自相主婚無嫌故稱翁者謂其父自主之也自六朝後諸王之女皆封縣主隋以後又有稱郡主者自是遂循以為故事則主非主婚之名蓋尊之猶言縣君郡君云爾國初趙韓王以開國元臣詔諸女特比宗室皆封郡主臣庶而封主者惟趙氏一家而已而名實之差流俗相習而不悟主君皆尊稱則縣主縣君郡主郡君初何所辨但以非宗室不封故從以為異也

大駕玉輅世傳為唐高宗時物堅壯穩利至今不少損元豐間禮文既一新有司請別造新輅詔宋用臣董之備極工巧珠寶之飾既成以正旦大朝會宿陳於大慶殿廷車人先以幕屋覆之將旦徹屋忽其上一木墜盡壓而碎一木之勢蓋不能至此人以為異自後竟乘舊輅金明池龍舟太宗時造每歲春駕上池必登之紹聖初亦嘗命別造形制有加於前亦號工麗余時正登第在京師初成瓊林賜燕蔡魯公為承旨中休往登以觀

至半輒墜水幾不免相繼哲宗臨幸是日大風晝宴池
水盡波儀衛不能立竟不能移跬步自後遂廢不用二
事適相似亦可怪也

欽定四庫全書

石林燕語卷六

宋 葉夢得 撰

宇文紹奕 考異

節度使旌節門旗二龍虎旌一節一麾槍二豹尾二凡八物旗以紅繒為之九幅上為塗金銅龍頭以揭旌加木盤節以金銅葉為之盤三層加紅絲為旌麾槍亦施木盤豹尾以赤黄布畫豹文皆以髹漆為杠文臣以朱

武臣以黑旗則綢以紅繒節及麾槍則綢以碧油故謂之碧油紅旆受賜者藏於公宇私室皆別為堂號節堂每朔望之次日祭之號衙日唐制有六纛今無有也

殿前司與侍衛司馬軍步軍為三衙其實兩司而侍衛司都指揮使外又分置馬步軍都指揮使爾殿前司亦參馬步軍而總於都指揮使故殿前司都指揮使副都虞候侍衛親軍都指揮使副都虞候與馬軍步軍都指揮使副都虞候兩司三衙合十二員分天下兵而領之

此祖宗制兵之大要也始唐制有十二衛兵後又有六軍十二衛兵為南衙漢之南軍也六軍為北衙漢之北軍也末年嘗以大臣一人總之如崔允判六軍十二衛是已都指揮使本方鎮軍校之名自梁起宣武軍乃以其鎮兵因仍舊號置在京馬步軍都指揮使而自將之蓋於唐六軍諸衛之外別為私兵至後唐明宗遂改為侍衛親軍以康義誠為馬步軍都指揮使秦王從榮以河南尹為大元帥典六軍此侍衛司所從始也及從榮以六軍反入宮

義誠顧望不出兵而侍衛馬軍都指揮使朱宏實孳敗之其後遂不廢殿前軍起於周世宗是時太祖為殿前司都虞候初詔天下選募壯士送京師命太祖擇其武藝精高者為殿前諸班而置都點檢位都指揮使上太祖實由此受禪見於國史歐陽文忠公為五代史號精詳乃云不知其所始蓋考之未詳也自有兩司六軍諸衛漸廢今但有其名則兩司不獨為親軍而已天下之兵柄皆在焉其權雖重而軍政號令則在樞密院與漢周之間史宏

肇之徒為之者異矣此祖宗之微意非前世所可及也

馬數歲者以齒唐人多謂隴右人為張萬歲諱萬歲為太僕卿掌馬政三十餘年恩信行於隴右故也亦未必然他畜不計年惟馬之壯老人所欲知而無以驗其實必自其齒觀之則以歲為齒理固宜爾也

考異曲禮齒路馬周禮馬質書其齒毛春秋傳馬之齒長矣則馬數歲者以齒非自唐始也

唐制戶部度支各以本司郎中侍郎判其事蓋戶部掌

納度支掌出謂常賦常用也又别置鹽鐵轉運使以掌山澤之入與管漕輓之事中世用兵因以宰相領其職乾符後改置租庸使以總之至後唐孔謙暴斂明宗誅謙遂罷使額以鹽鐵戸部度支分為三司而以大臣一人總判號曰判三司未幾張延朗復請置三司使乃就命延朗班宣徽使之下本朝因其名故三司使權常亞宰相

考異肅宗始以第五琦為鹽鐵使後劉晏始兼鹽鐵轉運使晏為相充使如故非其初戸部度支之外便

别有此等使名也租庸使自開元十一年有之永泰元年並停然鹽鐵轉運使則如故非乾符後始改置租庸使而租庸使亦非總戶部度支之職也盖自五代史張延朗傳失之此既承誤又甚爾梁始復置租庸使則三司之職皆總之矣

國朝既以緋紫為章服故官品未應得服者雖燕服亦不得用紫盖自唐以来舊矣太平興國中李文正公昉嘗舉故事請禁品官綠袍舉子白紵下不得服紫色衣

舉人聽服皂公吏工商伎術通服皂白二色至道中弛

其禁今胥吏寛衫與軍伍窄衣皆服紫沿習之久不知

其非也

考異太平興國七年詔詳定車服之制李昉等奏中

外官及舉人不得緋緑白袍内服紫仍許通服皂衣

白袍非李公自為此請也

祥符中始建龍圖閣以藏太宗御集天禧初因建天章

壽昌兩閣於後而以天章藏御集虚壽昌閣未用慶曆

初改壽昌為寶文仁宗亦以藏御集二閣皆二帝時所
自命也神宗顯謨閣哲宗徽猷閣皆後追建之惟太祖
英宗無集不為閣
大慶殿初名乾元太平興國祥符中皆因火改為朝元
天安景祐中方改今名有龍墀沙墀凡正旦至大朝會
策尊號則御焉郊祀大禮則駕宿於殿之後閣百官為
次宿於前之兩廊皇祐初始行明堂之禮又以為明堂
仁宗御篆明堂二字每行禮則旋揭之事已復去文德

殿在大慶殿之西少次舊曰端明後改文明祥符中因
火再建易今名紫宸殿在大慶殿之後少西其次又為
垂拱殿自大慶殿後紫宸垂拱之兩間有柱廊相通每
月視朝則御文德所謂過殿也東西閤門皆在殿後之
兩旁月朔不過殿則御紫宸所謂入閤也月朔與誕節
郊廟禮成受賀契丹辭見亦皆御紫宸文德遇受册發
册明堂宣赦亦御而不常用宣麻不御殿而百官即庭
下聽之紫宸不受賀而拜表稱賀則於東上閤門國忌

未赴景靈宫先進名奉慰則於西上閤門亦就庭下拜

而授閤門使蓋以閤不以殿也惟垂拱為日御朝之所

集英殿舊大明殿也明道中改今名每春秋大燕皆在

此太祖嘗御策制科舉人故後為進士殿試之所其東

廊後有樓曰昇平舊紫雲樓也每大燕則宫中登而觀

焉皇儀殿舊名滋福咸平初太宗明德皇后居之以為萬

安宫后崩復舊明道中改今名故常廢而不用以為治

后喪之所

熙寧中蘇子容判審刑院知金州張仲宣坐枉法贓論當死故事命官以贓論死皆貸命杖脊黥配海島蘇請曰古者刑不上大夫可殺則殺仲宣五品雖有罪得乘車今杖而黥之使與徒隸為伍得無重污多士乎乃詔免杖黥止流嶺外自是遂為例

考異當云官五品時法官援李希輔例請貸命杖脊黥配海島蘇言希輔仲宣均為枉法仲宣止係違命視希輔有間上令免決黥之蘇又奏不可曰古者刑

不上大夫仲宣官五品今貸死而黥之使與徒隷為伍雖其人無可矜所重者汚辱衣冠耳遂免杖黥流嶺外非故事皆貸命杖黥配海島也又先已免杖次乃免黥

皇祐初丁文簡公罷參知政事初除觀文殿學士以易紫宸之名而已其後加大學士以命賈文元始詔非嘗任宰相不除觀文殿大學士遂為宰相職名熈寧間韓康公自陜西宣撫使失律以本官罷相是歲明堂恩復

觀文殿學士而不加大學士自是宰相不以美罷率止除觀文殿學士而王子純以熙河功王樂道以宫僚雖非宰相亦除蓋異恩也然皆兼端明殿龍圖閣學士

國朝狀元為相者四人吕文穆公王文正公李文定公宋元憲公文穆登第十二年拜文正二十一年文定二十九年元憲二十七年文正文定皆再入而文穆三入為尤盛文正初携行卷見薛簡肅公其首篇早梅云如今未説和羮事且向百花頭上開簡肅讀之喜曰足下

殆將作狀元了做宰相耶
王伯庸名堯臣榜韓魏公第二趙康靖公第三嘉祐末
魏公為相康靖為參知政事伯庸雖先罷去而魏公與
康靖同在政府當時號為盛事熙寧末王荆公相韓康
公王禹玉為參知政事三人亦皆同年仍在第甲連名
禹玉第一康公第二荆公第三荆公再入仍與康公並
相尤為難得時陸子履作詩云須信君王重儒術一時
同榜用三人

中丞侍御史上事臺屬皆東西立於廳下上事官拜廳
已即與其屬揖而不聲喏謂之啞揖以次升階上事官
據中坐其屬後列坐於兩旁上事官判按三道後皆書
曰記諾而後引百司人吏立於庭臺吏自廳上厲呼曰
咄則百司人吏聲喏急趨而出謂之咄散然後屬官始
再展狀如尋常參謁之儀始相與交談前此蓋未嘗語
也案後判記諾恐猶是方鎮憲銜時沿襲故事記謂記
室諾謂諾議不知啞揖咄散為何義然至今行之不改

國初天下始定吏崇文士自殿試親放榜狀元往往遂見峻用吕文穆公太平興國七年登科八年已為參知政事李文正昉乃座主於時為相與文穆同在二府後五年文正罷文穆遂代為相李文定公景德二年登科天禧元年為參知政事後三年為相距登第亦纔十六年登第時寇萊公已為相馮魏公已為參知政事後亦代萊公為相而魏公尚樞密使其後王文正公以咸平五年登科大中祥符九年為參知政事乾興元年為相

距登第二十一年登第時馮魏公為同知樞密院事王冀公為參知政事亦代魏公為相而冀公方自江寧再入為首相自是無復繼者

故事外官除館職如秘閣校理直秘閣者必先移書在省職事官叙同僚之好已乃專遣人持錢及酒殽珍饌即館設盛會燕同僚集官長為之主以代禮上之會各隨其力之厚薄甚有費數百千者就京師除者則即館上事會亦如之自崇寧以来外官除館職者既多此禮

寖廢宣和後雖書局官亦預館職至百餘員故遂廢不講崇寧初許天啟自陝西漕對除直秘閣用故事入館上事以漕司騶從傳導至道山堂坐吏無一出見者館職亦各居直舍不相誰何天啟久之索馬而去人傳以為笑

國朝知制誥必召試而後除唐故事也歐陽文忠記不試而除者惟三人陳文惠楊文公與文忠此乃異禮自是繼之者惟元祐間蘇子瞻一人而已近例凡自起居

舍人除中書舍人者皆不試盖起居舍人遇中書舍人闕或在告則多權行辭為已試之矣故不再試遂為故事

尚書省樞密院劄子體制各不同尚書年月日宰相自上先書有次相則重書共一行而左右丞於下分書別為兩行盖以上為重樞密知院自下先書同人以次重書於上簽書亦然盖以下為重而不別行

唐誥敕宰相複名者皆不出姓惟單名則出姓盖以為

宰相人所共知不待書姓而見余多見人告身類如此
國朝宰相雖單名亦不出姓他執政則書所以異宰相之
禮也
宰相監修國史止用勑不降麻世皆言自趙韓王以來
失之然韓王初相時范魯公三相俱罷中書無人乃以
太宗押勑則雖相亦是勑除未嘗降麻盖國初典禮猶
未備也
考異舊有誥文又有勑仁宗封壽春郡王禮儀院言

皇子誥勑請令閤門進納宫中給賜王元之代王侍郎辭官表云伏蒙聖慈賜臣官誥一道勑牒一道特授參知政事陳堯叟自樞密使罷為右僕射命其子賫誥牒賜之司馬温公辭副密云乞收還勑誥其他證據甚多此特舉其顯然者近世誥勑不並行豈得謂國初宰相亦勑除初甞降麻乎趙韓王拜相麻制見實録

故事雜學士得服金帶熈寧初薛師正以天章閣待制

權三司使上以為能詔賜金帶非學士而賜帶自此始
自官制行以給事中中書舍人為兩省屬官皆得預聞
兩省之事初舍人既沿舊制差除有未審當皆得直封
還詞頭而給事中有所駁正則先使請執政稟議有異
同然後繳奏以聞韓儀公為給事中建言兩省事體均
一不應一得直行一須稟議遂詔如舍人然舍人於中
書事皆得於檢後通書押而給事中則但書録黄而已
舒信道為給事中復以為言王文恭為相時以白上神

宗曰造令與行令不同職分宜別給事中不當書草遂
著為令迄今以為定制也
祖宗時選人初任薦舉本不限以成考景祐中柳三變
為睦州推官以歌辭為人所稱到官才月餘吕蔚知州
事即薦之郭勸為侍御史因言三變釋褐到官始踰月
善狀安在而遽薦論因詔州縣官初任未成考不得舉
後遂為法
故事生日賜禮物惟親王見任執政官使相然亦無外

賜者元豐中王荆公罷相居金陵除使相辭未拜官止
特進神宗特遣内侍賜之蓋異恩也
考異使相雖在外亦賜范蜀公内制有賜使相判河
陽富弼生日禮物口宣云爰兹震夙之旦故有匪頒
之常王荆公熙寜七年以觀文殿大學士吏部尚書
知江寜詔生日依在外使相例取賜此云使相無外
賜者又云元豐中又云居金陵又云除使相辭未拜
官止特進皆非荆公熙寜九年再罷相除使相判江

寀尋改集禧觀使元豐元年正月除大觀文三年九

月官制行改特進

天聖前諸路使者舉薦未有定限選人止用四考改官

然是時吏部選人磨勘歲纔數十人而已慶歷以後增

為六考知州等薦吏部皆視屬邑多寡裁為定數於是

當薦舉者常以應格充數為意遂數倍於前治平中吏

部待次引見人至二百五十餘人賈直儒為中司嘗言

其冗時但下詔申戒中外務在得人不必滿所限之數

然竟不能革也

太祖初罷范魯公三相而獨拜趙韓王乃置參知政事二員為之副以薛文惠公居正吕文穆公餘慶為之執政官自此始不宣制不知印不押班不預奏事但奉行制書而已韓王獨相十年後以權太盛恩遇稍替始詔參知政事與宰相更知印押班奏事以分其權遂為故事初唐至德中宰相分直政事堂人知十日貞元後改為輪日故參用之

祖宗時執政私第接賓客有數庶官幾不復可進自王
荆公欲廣收人材於是不以品秩高卑皆得進謁然自
是不無夤緣干求之私進見者既不敢廣坐明言其情
往往皆於送客時羅列於廡下以次留身叙陳而退遂
以成風執政既日接客至休日則皆杜門不復通閽吏
亦以榜揭於門曰假日不見客故事見執政皆看靴不
出笏然客次相與揖則皆用笏京師士人因言廳上不
說話而廡下說話假日不見客而非假日見客堂上不

出笏而客次出笏謂之三㧞
祖宗故事宰相去位例除本官稍優則進官一等或易
東宮三少惟趙韓王以開國舊臣且相十年故以使相
罷盖異恩也自是迄太宗真宗世皆不易舊制天聖初
馮魏公以疾辭位始除武勝軍節度使宰相建節自魏
公始明道末吕申公罷仁宗眷之厚始復加使相盖自
韓公以来申公方繼之其後王文惠陳文惠罷日相繼
除遂以為例宰相除使相自申公始景祐末王沂公罷

相除資政殿大學士判鄆州宰相除職自沂公始至皇祐賈文元罷除觀文殿大學士自是遂以為例蓋自非降黜皆建節或使相為優恩加職名為常例迄今不改也

真宗景德中既置資政殿大學士授王冀公班翰林承旨上一時以為殊寵祥符初向文簡公以前宰相再入為東京留守復加此職自是迄天聖末二十餘年不以除人明道元年李文定公知河陽召還始再命之景祐

四年王沂公罷相復除三十年間除三人而皆前宰相

也宋宣獻公罷參知政事仁宗眷之厚因加此職自冀

公後非宰相而除者惟宣獻一人而已時謝希深當制

云有國極資望之選今纔五人儒者兼翰墨之華爾更

九職當時頗稱之宣獻嘗歷龍圖閣學士端明殿學士

再為翰林學士三為侍讀學士而後除資政殿大學士至

是併為九也

學士院舊制自侍郎以上辭免除授賜詔皆留其章中

書而尚書省畧具事因降劄子下院使爲詔而已自執政而上至於節度使相用批荅批荅之制更不由中書直禁中封所上章付院令降批表院中即更用紙連其章後書辭併其章賜之此其異也辭既與章相連後書省表具之字必長作表字傍一僣通其章階位上過謂之抹階若使不復用舊銜之意相習已久莫知始何時龍武羽林神武各分左右所謂六軍也每軍有統軍而無上将軍葢唐貞元之制以比六尚書用待藩鎮罷還

無職事而奉朝請者國朝因之咸平初楚王元佐加官
有司誤以為左羽林上將軍後遂為例治平三年始詔
今後六軍加官不除上將軍所以釐正其失也
天策上將唐官也初太宗破王世充竇建德高祖以其
功大其官號不足稱乃加是名位三公上開府終唐世
未嘗更命人梁更為天策上將軍以命馬殷亦開府祥
符八年楚王元佐久疾以皇兄之寵故採唐舊典授之結
銜在功臣上而不開府其後荆王元儼薨因以為贈官

考興唐太宗為皇太子即罷天策府自不應更有府官也

唐宗正卿皆以皇族為之本朝踵唐故事而止命同姓

慶歷初始置大宗正司以北海郡王允弼為知大宗正

事其後相承皆以宗室領治平元年英宗以宗子數倍

多於前乃命增置同知大宗正事一員亦以懐州團練

使宗恵為之迄今以為故事熈寧三年復置丞二員而

命以外官

繼照堂眞宗尹京日射堂也祥符二年因臨幸賜名資善堂仁宗肄學之所也祥符八年置舊在元符觀南天禧初徙今御廚北

國朝宰相執政未有兼東宮職事者天禧末仁宗初立爲皇太子因命宰相丁謂馮拯兼少師少傅樞密使曹利用兼少保而任中正王曾爲參知政事錢惟演爲樞密副使皆兼賓客前此所無也謂等因請師傅十日一赴資善堂賓客以下隻日互陪侍講從之

國朝以史館昭文館集賢院為三館皆寓崇文院其實别無舍但各以庫藏書列於廊廡間爾直館直院謂之館職以他官兼者謂之貼職元豐以前凡狀元制科一任還即試詩賦各一而入否則用大臣薦而試謂之入館官制行廢崇文院為秘書監建秘閣於中自少監至正字列為職事官罷直館直院之名而書庫仍在獨以直秘閣為貼職之首皆不試而除蓋特以為恩數而已

欽定四庫全書

石林燕語卷七

宋　葉夢得　撰

宇文紹奕　考異

大中祥符五年玉清昭應宮成王魏公為首相始命充使宮觀置使自此始然每為見任宰相兼職天聖七年呂申公為相時朝廷崇奉之意稍緩因上表請罷使名自是宰相不復兼使康定元年李若谷罷參知政事留

京師以資政殿大學士為提舉會靈觀事宫觀置提舉自此始自是學士待制知制誥皆得為提舉因以為優閑不任事之職熙寧初先帝患四方士大夫年高者多疲老不可寄委罷之則傷恩留之則玩政遂仍舊宫觀名而增杭州洞霄及五嶽廟等並依西京崇福宫置管勾或提舉官以知州資序人充不復限以員數故人皆得以自便

國朝館伴契丹例用尚書學士元豐初高麗人貢以畢仲衍館伴仲衍時為中書舍人後遂為故事蓋以陪臣

處之下契丹一等也契丹館於都亭驛使命往來稱國
信使高麗館於同文館不稱國信其恩數儀制皆殺於
契丹大觀中余以中書舍人初差館伴未至而還學士
執政擬改差人上使仍以余為之自是王將明等皆以
學士館伴仍升使為國信一切視契丹是時方經營朔
方賴以為援也建炎三年余在揚州復入為學士高麗
自海州來朝遂差余館伴余因建言高麗用學士館伴
出於一時之命而升為國信使亦宣和有為為之令風

示四夷示以軌物當正前日適然之失盡循舊制因辭疾請命他官於是張達明以中書舍人攺差罷國信皆元豐舊儀自余請之也

唐翰林院在銀臺之北乾封以後劉禕之元萬頃之徒時宣召草制其間因名北門學士今學士院在樞密之後腹背相倚不可南向故以其西廊西向為院之正門而後門北向與集英相直因牓曰北門兩省樞密院皆無後門惟學士院有之學士朝退入院與禁中宣命往

來皆行此門而正門行者無幾不特取其便事亦以存

故事也

唐翰林院本內供奉藝能技術雜居之所以詞臣侍書

詔其間乃藝能之一爾開元以前猶未有學士之稱或

曰翰林待詔或曰翰林供奉如李太白猶稱供奉自張

垍為學士始別建學士院於翰林院之南則與翰林院

分而為二然猶冒翰林之名蓋唐有弘文館學士麗正

殿學士故此特以翰林別之其後遂以名官訖不可改

然院名至今但云學士而不冠以翰林則亦自唐以來

沿襲之舊也

紫宸垂拱常朝從官於第一重隔門下馬宰相即於第

二重隔門下馬自主廊步入殿門人從皆不許躡雖宰

相亦自抱笏而入幕次列於外殿門内兩廡惟中丞以

交椅子一隻坐於殿門後稍西北向蓋獨坐之意駕坐

閤門吏自下以次於幕次簾前報班到二史舍人而上

相繼進東西分立於内殿門之外南向閤門内諸司起

居畢閤門吏復從上自尚書侍郎以次揖入東西相向對立於殿庭之下然後宰執自幕次徑入就位立定閤門吏復引而北向起居畢宰執升殿尚書以次各隨其班次第相踵從上卷轉而出謂之卷班遇雨則旋傳旨拜於殿下謂之籠門崇政殿則拜於東廊下

太宗時張宏自樞密副使真宗時李惟清自同知樞密院為御史中丞蓋重言責也仁宗時亦多命前執政如晏元獻公王安簡公皆是自嘉祐後迄今無為之者

故事在京職事官絶少用選人者熈寧初稍欲革去資格之弊於是始詔選舉到可試用人並令崇文院校書以備詢訪差使候二年取旨或除館職或升資任或只與合入差遣蓋欲以觀人材也時邢尚書恕以河南府永安縣主簿首為崇文院校書胡右丞愈知諫院猶以為太遽因請雖選人而未歴外官雖歴任而不滿者皆不得選舉乃特詔恕與堂除近地試銜知縣近歳不復用此例自此始登第直為禁從無害也

宰相除授雖兼職故事亦須用麻乾德二年趙韓王以
門下相兼修國史有司失於討論遂至降敕至今不能
改
考異仁宗實録云唐制宰相監修國史館殿大學士
皆降制本朝自趙普後或止以敕除非故事也此云
雖兼職亦用麻泛言兼職非也又若拜相帶監修國
史則自降制矣故云或止以敕除言其不皆如此也
京城士人舊通用青涼繖祥符五人始詔惟親王得用

之餘悉禁六年中書樞密院亦許用然每車駕行幸扈
從皆徹去既張繖而席帽仍舊故謂之重戴餘從官遇
出京城門如上池賜宴之類門外皆張繖然須却帽
寇萊公王武恭公皆宋偓壻其夫人明德皇后親妹也
當國主兵皆不以為嫌
故事太皇太后繖皆用黃太妃用紅國朝久虛太妃宮
元祐間仁宗臨御上元出幸寺觀欽聖太后欽成太妃
始皆從行都人謂之三殿蘇子容太妃閤春貼云新春

游豫祈民福紅纖雕輿從兩宮
慈聖太后在女家時嘗因寒食與家人戲擲錢一錢盤
旋久之遂側立不仆未幾被選

故事南郊車駕服通天冠絳紗袍赴青城祀日服靴袍
至大次臨祭始更服衮冕元豐中詔定奉祀儀有司建
言周官祀昊天上帝則服大裘而冕禮記郊祭之日王
被衮以象天王肅援家語臨燔祭脫衮冕蓋先衮而後
裘因請更制大裘以衮用於祀日大裘用於臨祭議者

頗疑家語不可據黙之則周官禮記所載相抵牾時陸
右丞佃知禮院乃言古者衣必有裘故緇衣羔裘黄衣
狐裘素衣麑裘所謂大裘不裼者止言不裼宜應有襲
襲者裏也蓋中裘而表衮乃請服大裘被以衮遂為定
制大裘黒羔皮為之而縁以黒繒乃唐制也
邵興宗初自布衣試茂材異等中選除建康軍節度推
官會言者論與宰相張鄧公妻黨連姻報罷後因元昊
叛詔求方畧之士復獻康定兵説十篇召試秘閣始得

權邠州觀察推官祖宗取人之慎蓋如是也

考異時有密言邵與張鄧公連姻者實非也其後邵

進兵說召試授頼州團練推官此云權邠州觀察推

官非也

盧相多遜素與趙韓王不協韓王為樞密使盧為翰林

學士一日偶同奏事上初改元乾德因言此號從古未

有韓王從旁稱賛盧曰此偽蜀時號也帝大驚遽令檢

史視之果然遂怒以筆抹韓王面言曰女爭得如他多

識韓王經宿不敢洗面翌日奏對帝方命洗去自此隙益深以及於禍多遜朱崖謝表末云班超生入玉門非敢望也子年心存魏闕何日忘之天下聞而哀焉

京師省寺皆南向惟御史臺北向蓋自唐以來如此說者以為隋建御史臺取其與尚書省便道相近故唐因之或云御史彈治不法北面取肅殺之義莫知孰是然今臺門上獨設鴟吻亦非他官局所有也

國初西蜀初定成都帥例不許將家行蜀土輕剽易為

亂中朝士大夫尤以險遠不測為憚張乖崖出守還王元之以詩贈云先皇憂蜀輟樞臣獨冒干戈出劍門萬里辭家堪下淚四年歸闕似還魂弟兄齒序元投分兒女親情又結婚且喜相逢開口笑甘陳功業不須論自慶歷以來天下乂安成都雄富既甲諸帥府復得與家俱行無復曩時之患矣而故事例未有待制為帥者故近歲自侍郎出守或他帥自待制移帥皆加直學士尤為優除也

考異至和元年張安道知益州仁宗特令奉親行竟
不敢嘉祐五年吳長文除知成都以親辭改知鄆州
云慶歷以來復得與家偕行非也紹聖四年鄭雍以
大中大夫知成都蓋前執政也致和六年周壽以寶
文閣待制知成都此云未有以待制為帥者亦非也
神宗初即位猶未見羣臣王樂道韓持國維等以官僚
先入慰於殿西廊既退獨留維門王安石今在甚處維
對在金陵上曰朕召之肯來乎維言安石蓋有志經世

非甘老於山林者若陛下以禮致之安得不來上曰卿可先作書與安石道朕此意行即召矣維曰若是則安石必不來上問何故曰安石平日每欲以道進退若陛下始欲用之而先使人以私書道意安肯遽就然安石子雱見在京師數來臣家臣當自以陛下意語之彼必能達上曰善於是荆公始知上待遇眷屬之意

寇萊公初入相王沂公時登第後為濟州通判滿歲當召試館職萊公猶未識之以問楊文公曰王君何如人

文公曰與之亦無素但見其兩賦志業實宏遠因為萊
公誦之不遺一字萊公大驚曰有此人乎即召之故事
館職皆試於學士院或舍人院是歲沂公特試於中書
考異錢易制科中書試六論謝泌李仲容皆召試中
書除直史館李宗諤試相府除校理王禹偁羅處約
召試相府除直史館王欽若試學士院除知制誥此
云故事皆試於學士院或舍人院非也
太祖與符彥卿有舊常推其善用兵知大名十餘年有

告謀叛者亟徙之鳳翔而以王晉公祐爲代且委以密
訪其事戒曰得實吾當以趙普所居命汝面授旨徑使
上道祐到察知其妄數月無所聞驛召面問因力爲辯
曰臣請以百口保之太祖不樂徙祐知襄州彦卿竟亦
無他祐後創居第於曹門外手植三槐於庭曰吾雖不
爲趙普後世子孫必有登三公者已而魏公果爲太保
歐陽文忠作王魏公神道碑畧載此語而國史本傳不
書余甞親見其家子弟言之

范侍郎純粹元豐末為陜西轉運判官當五路大舉後
財用匱乏屢請於朝呉樞密居厚時為京東都轉運使
方以冶鐵皷鑄有寵即上羡餘三百萬緡以佐闕輔神
宗遂以賜范范得報愀然謂其屬曰吾部雖窘豈忍取
此膏血之餘耶力辭訖弗納

太平興國五年契丹戎主親領兵數萬犯雄州乘虚遂
至高陽闗太宗下詔親征行次大名戎主聞上至亟遁
歸未嘗交鋒車駕即凱旋上作詩示行在羣臣有一箭

未施戎馬適六軍空恨陣雲高之句

趙清獻為御史力攻陳恭公范蜀公知諫院獨救之清獻遂併劾蜀公黨宰相懷其私恩蜀公復論御史以陰事誣人是妄加人以死罪請下詔斬之以示天下熙寜初蜀公以時論不合求致仕或欲遂謫之清獻不從或曰彼不嘗欲斬公者耶清獻曰吾方論國事何暇恤私怨方蜀公辯恭公時世固不以為過至清獻之言聞者尤歎服云

王武恭公德用貌奇偉色如深墨當時謂之黑王相公宅在都城西北隅善撫士卒得軍情以其貌異所過閭里皆聚觀蘇儀甫為翰林學士嘗密疏之有宅枕乾崗貌類藝祖之語仁宗為留中不出孔道輔為中丞繼以為言遂罷樞密使知隨州謝賔客雖郡官不與之接在家亦不與家人語如是踰年起知曹州始復語人以為善處謗也

狄武襄起行伍位近臣不肯出其黥文時特以酒濯面

使其文顯士卒亦多譽之或云其家數有光怪且姓合

讖書歐陽文忠劉原甫皆屢為之言獨范景仁為諫官

人有諷之者景仁謝曰此唐太宗所以殺李君羡上安

忍為也然武襄亦竟出知陳州

天聖寶元間范諷與石曼卿皆喜曠達酣飲自肆不復

守禮法謂之山東逸黨一時多慕效之龐頴公為開封

府判官獨奏諷以為苟不懲治則敗亂風俗將如西晉

之季時諷嘗歷御史中丞為龍圖閣學士頴公言之不

已遂詔置獄劾之諷坐貶鄂州行軍司馬曼卿時為館閣校勘亦落職通判海州仍下詔戒勵士大夫於是其風遂革

丁文簡公度為學士累年以元昊叛仁宗因問用人守資格與擢材能孰先丁言承平無事則守資格緩急有大事大疑則先材能蓋自視久次且時方用兵故不以為嫌孫甫知諫院遽論以為自媒杜祁公時為相孫其客也丁意杜公為辯直而不甚力及杜公罷丁適當制

辭云頗彰朋比之風有為而言之也丁自是亦相繼擢
樞密副使
呂侍讀溱性豪侈簡倨所臨鎮雖監司亦不少降屈知
真定李參為都轉運使不相能摭其回易庫事會有不
樂呂者因論以贓歐陽文忠公為翰林學士因率同列
上疏論救韓康公時為中丞因言從官有罪從官救之
則法無復行矣文忠之言雖不行然士論終以為近厚也
國朝親王皆服金帶元豐中官制行上欲寵嘉岐二

王乃詔賜方團玉帶著為朝儀先是乘輿玉帶皆排方
故以方團別之二王力辭乞寶藏于家而不服用不許
乃請加佩金魚遂詔以玉魚賜之親王玉帶佩玉魚自
此始故事玉帶皆不許施於公服然熙寧中收復熙河
百官班賀神宗特解所繫帶賜王荆公且使服以入賀
荆公力辭久之不從上待服而後進班不得已受詔次
日即釋去大觀中收復青唐以熙河故事復賜蔡魯公
而用排方時公已進太師上以為三師禮當異特許施

於公服辭乃乞琢為方團既又以為未安或誦韓退之詩有玉帶懸金魚之語告以請因加佩金魚自是何伯通鄭達夫王將明蔡居安童貫非三師而以恩特賜者又五人云

學士院正廳曰玉堂蓋道家之名初李肇翰林誌末言居翰苑者皆謂凌玉清遡紫霄豈止於登瀛洲哉亦曰登玉堂焉自是遂以玉堂為學士院之稱而不為榜太宗時蘇易簡為學士上嘗語曰玉堂之設但虛傳其說

終未有正名乃以紅羅飛白玉堂之署四字賜之易簡
即扃鐍置堂上每學士上事始得一開視最為翰林盛
事紹聖間蔡魯公為承旨始奏乞摹就杭州刻榜揭之
以避英廟諱去下二字止曰玉堂云
梁莊肅公景祐中監在京倉南郊赦錄朱全忠之後莊
肅上疏罷之曰全忠叛臣也何以為勸仁宗善之擢審
刑院詳議官記其姓名禁中自是遂見進用
考異梁莊肅公以太子中舍監在京廣衍倉景祐中

進士及第換中允知淮陽軍論朱全忠事此云監在
京倉時疏罷之非也
天聖三年錢思公除中書門下平章事錢希白為學士
當制希白於思公從父兄也兄草弟麻當時以為盛事
建中靖國元年曾子宣自樞府入相子開適草制本朝
惟此二人而已
考異子宣元符三年十月拜相韓絳相弟維草制此
云本朝惟此二人非也

神宗用人多以兩省為要而翰林學士尤號清切由是
登二府者十嘗六七杜正獻公以清節名天下然一生
多歷外職五為使者徧典諸名藩在内惟為三司戸部
副使御史中丞知開封府遂至為樞密副使范文正公
自諫官被責名還以天章閣待制判國子監遷知開封
府復責晚乃自慶州亦入為樞密副使二公皆未嘗歷
兩省而文正之文學不更文字之職世尤以為歉也
吳龍圖中復性謹約詳於吏治自潭州通判代還孫文

懿公為中丞聞其名初不之識即薦為監察御史裏行
或問文懿何以不相識而薦之文懿笑曰昔人耻為呈
身御史吾豈薦識面臺官耶當時服其公
蘇相子容為兩京察推時杜祁公尚無恙極器愛之每
曰子他日名位當與老夫畧同不知以何知之也杜公
以六十八歲入相八十薨蘇公以七十二歲入相八十
二歲薨不惟爵齒畧相似杜公在位百餘日後以太子
少師致仕末乃為太子太師而蘇公在位甫一年後亦

以太子少師致仕太上皇即位方進太子太保初杜公告老執政有不悅者故特以東宮三少抑之當時以為非故事而蘇公告老在紹聖初亦坐章申公不悅令具杜公例進呈蘇公聞之喜曰乃吾志也

王審琦微時與太祖相善後以佐命功尤為親近性不能飲太祖每燕近臣常盡歡而審琦但持空杯太祖意不滿一日酒酣舉杯祝曰審琦布衣之舊方共享富貴酒者天之美祿可惜不令飲之祝畢顧審琦曰天必賜

汝酒量可試飲審琦受詔不得已飲輒連數大杯無苦
自是每侍燕輒能與衆同飲退還私第則如初
楊文公既佯狂逃歸楊翟時祥符六年也中朝士大夫
自王魏公而下書問常不輟皆自為文而用其弟倚士
曹名奏牘則託之毋氏其答王魏公一書末云介推毋
子絶希緜上之田伯夷弟兄甘守西山之餓當時服其
徵而婉云
考異倚往見魏公既歸以書叙感非答其書也

王元之初自掖垣謫商州團練副使未幾入為學士至道中復自學士謫守滁州真宗即位以刑部郎中召為知制誥凡再貶還朝不能無怏怏時張丞相齊賢李文定沆當國乃以詩投之曰早有虚名達九重宦途流落漸龍鍾散為郎吏同元稹羞見都人看李邕舊日謬吟紅藥樹新朝曽獻皁囊封猶祈少報君恩了歸卧山林作老農然亦竟坐張齊賢不恱繼有黄州之遷葢雖困而不屈也

欽定四庫全書

石林燕語卷八

宋 葉夢得 撰

宇文紹奕 考異

仁宗留意科舉由是禮闈知舉任人極艱天聖五年春榜王沂公當國欲差知舉官從臣中無可意者因以劉中山筠為言時劉知潁州仁宗即命驛名之是歲廷試王文安公堯臣第一韓魏公第二趙康靖公槩第三

慶歷中劉原父廷試考第一會王伯庸以翰林學士為編排官原父内兄也以嫌自列或言高下定於考試官編排第受成而甲乙之無預與奪伯庸猶力辭仁宗不得已以為第二而以賈直儒為魁舊制執政子弟多以嫌不敢舉進士有過省而不敢就殿試者蓋時未有糊名之法也其後法制既備有司無得容心故人亦不復自疑然至和中沈文通以太廟齋郎廷試考第一大臣猶疑有官不應為遂亦降為第二以馮當世為魁

富公以茂材異等登科後召試館職以不習詩賦求免仁
宗特命試以策論後遂為故事制科不試詩賦自富公始
至蘇子瞻又去策止試論三篇熙寧初罷制舉其事皆廢
李文定公在場屋有盛名景德二年預省試主司皆欲
得之以置高第已而乃不在選主司意其失考取所試
卷覆視之則以賦落韻而黜也遂奏乞特取之王魏公
時為相從其請既廷試遂為第一
考異此説據范蜀公東齋記事然景德二年乃畢文

簡寇萊公為相王魏公叅政此云王魏公時為相非也

端拱初宋白知舉取二十八人物論喧然以為多遺材詔復取落下人試於崇政殿於是再取九十九人而葉齊猶擊登聞鼓自列朝廷不得已又為覆試頗惡齊囂訟考官賦題特出一葉落而天下秋凡放三十一人而齊仍在第一

國朝取士猶用唐故事禮部放牓柳開少學古文有盛

名而不工為詞賦累舉不第開寶六年李文正昉知舉被黜下第徐士廉擊鼓自列詔盧多遜即講武殿覆試於是再取宋準而下二十六人自是遂為故事再試自此始然時開復不預多遜為言開英雄之士不工篆刻故考較不及太祖即召對大悅遂特賜及第

唐禮部試詩賦題不皆有所出或自以意為之故舉子皆得進問題意謂之上請本朝既增殿試天子親御殿進士猶循用禮部故事景祐中稍厭其煩瀆詔御藥院

具試題書經史所出模印給之遂罷上請之制

元豐五年黄冕仲榜唱名有暨陶者主司初以洎音呼之三呼不應蘇子容時為試官神宗顧蘇蘇曰當以入聲呼之果出應上曰卿何以知為入音蘇言三國志吳有暨艷陶恐其後遂問陶鄉貫曰崇安人上喜曰果吳人也時暨自闕下一畫蘇復言字下當從旦此唐避睿宗諱流俗遂誤弗改耳

故事殿試唱名編排官以試卷列御座之西對號以次

折封轉送中書侍郎即與宰相對展進呈以姓氏呼之
軍頭司立殿陛下以次傳唱大觀三年賈安宅榜林彦
振爲中書侍郎有甄好古者彦振初以真呼鄭達夫時
爲同知樞密在旁曰此乃堅音欲以沮林即以堅呼三
呼不出始以真呼即出彦振意不平有忿語達夫摘以
爲不恭林坐貶

唐末禮部知貢舉有得程文優者即以已登第時名次
處之不以甲乙爲高下也謂之傳衣鉢和凝登第名在

十三後得范魯公質遂處以十三其後范登相位官至
太子太傅封國於魯與凝皆同世以為異也
宋莒公兄弟居安州初未知名會夏英公謫知安州二
人以文贄見大稱賞之遂聞於時初試禮部劉子儀知
舉擢景文第一余曾叔祖司空第二莒公第三時諒闇
不廷試暨奏名明肅太后曰弟何可先兄乃易莒公第
一而景文降為第十是榜上五名莒公與曾魯公既為
相高文莊鄭文肅與曾叔祖皆聯名景文王內翰洙張

侍讀瓌郭龍圖稹皆同在第一甲故世稱劉子儀知人蘇子瞻自在場屋筆力豪騁不能屈折於作賦省試時歐陽文忠公銳意欲革文弊初未之識梅聖俞作考官得其刑賞忠厚之至論以為似孟子然中引臯陶曰殺之三堯曰宥之三事不見所據亟以示文忠大喜往取其賦則已為他考官所落矣即擢第二及放牓聖俞終以前所引為疑遂以問之子瞻徐曰想當然耳何必須要有出處聖俞大駭然人已無不服其雄俊

熙寧以前以詩賦取士學者無不先徧讀五經余見前輩雖無科名人亦多能雜舉五經蓋自幼學時習之爾故終老不忘自改經術人之教子者往往便以一經授之他經縱讀亦不能精其教之者亦未必能皆讀五經故雖經書正文亦率多遺誤嘗有教官出易題云乾為金坤亦為金何也舉子不能曉不免上請則是出題時偶檢福建本坤為釜字本謬亡其上兩點也又嘗有秋試問井卦何以無彖亦是福建本所遺

唐以前凡書籍皆寫本未有模印之法人以藏書為貴
不多有而藏者精於讐對故往往皆有善本學者以傳
録之艱故其誦讀亦精詳五代時馮道奏請始官鏤六
經板印行國朝淳化中復以史記前後漢付有司摹印
自是書籍刋鏤者益多士大夫不復以藏書為意學者
易於得書其誦讀亦因滅裂然板本初不是正不無訛
謬世既一以板本為正而藏本日亡其訛謬者遂不可
正甚可惜也余襄公靖為秘書丞嘗言前漢書本謬甚

詔與王原叔同取秘閣古本參校遂為刋誤三十卷其
後劉原父兄弟兩漢皆有刋誤余在許昌得宋景文用
監本手校西漢一部末題用十三本校中間有脫兩行
者惜乎今亡之矣

世言雕板印書始馮道此不然但監本五經板道為之
爾柳玭訓序言其在蜀時嘗閲書肆云字書小學率雕
板印紙則唐固有之矣但恐不如今之工今天下印書
以杭州為上蜀本次之福建最下京師比歲印板殆不

減杭州但紙不佳蜀與福建多以柔木刻之取其易成

而速售故不能工福建本幾徧天下正以其易成故也

監本禮記月令唐明皇刪定李林甫所注也端拱中李

至判國子監嘗請復古本下兩制館職議胡旦等皆以

為然獨王元之不同遂寢後復數有言者終以朝廷祭

祀儀制等多本唐注故至今不能改而私本則用鄭注

太宗當天下無事留意藝文而琴棊亦皆造極品時從

臣應制賦詩皆用險韻往往不能成篇而賜兩制棊勢

亦多莫究所以故不得已則相率上表乞免和訴不曉而已王元之嘗有詩云分題宣險韻翻勢得仙碁又云恨無才應副空有表虔祈蓋當時事也

蘇子瞻嘗稱陳師道詩云凡詩須做到衆人不愛可惡處方為工今君詩不惟可惡却可慕不惟可慕却可妬

白樂天詩三杯藍尾酒一楪膠牙餳唐人言藍尾多不同藍字多作啉云出於侯白酒律謂酒巡匝末坐者連飲三杯為藍尾蓋末坐遠酒行到常遲故連飲以慰之

以啉為貪婪之意或謂啉為爍如鐵入火貴出其色此

尤無稽則唐人自不能曉此義

蘇參政易簡登科時宋尚書白為南省主文後七年宋

為翰林學士承旨而蘇相繼入院同為學士宋嘗贈詩

云昔日曾為尺木階今朝真是青雲友歐陽文忠亦王

禹玉南省主文相距十六年亦同為學士故歐公詩有

喜君新賜黄金帶顧我今為白髮翁之句二事誠一時

文物之盛也

東漢以來九卿官府皆名曰寺與臺省並稱鴻臚其一也本以待四夷賔客故摩騰竺法蘭自西域以佛經至舍於鴻臚今洛中白馬寺摩騰真身尚在或云寺即漢鴻臚舊地摩騰初來以白馬負經既死尸不壞因留寺中後遂以為浮屠之居因名白馬今僧居槩稱寺蓋本此也摩騰真身至今不枯朽漆棺石室扃鐍甚固藏其鑰於府廨有欲觀者旋請鑰秉燭乃可詳視然楊衒之洛陽伽藍記載當時經函放光事而不及摩騰不可解

衔之元魏時人也

漢太皇太后稱長信宫皇太后稱長樂宫皇后稱長秋宫本朝不為定制皇后定居坤儀殿太皇太后皇太后遇當推尊則改築宫易以嘉名始遷入百官皆上表稱賀及賀兩宫

國初以供奉官左右班殿直為三班後有殿前承旨班端拱後分供奉官為東西又置左右侍禁借職皆領於三班院而仍稱三班不改其初三班例員止三百或不

及天禧後至四千二百有餘蓋十四倍元豐後至一萬
一千六百九十合宗室八百七十總一萬二千五百六
十視天禧又兩倍有餘以出入籍較之熙寧八年入籍
者歲四百八十有餘其死亡退免者不過二百此所以
歲增而不已也右選如此則左選可知矣
元昊叛王師數出不利仁宗頗厭兵吕文靖公遂有赦
罪招懷之意而范文正韓魏公持不可欲經營服之龎
頴公知延州乃密諭頴公令致意於昊時昊用事大臣

野利旺榮適遣牙校李文貴來頳公留之未遣因言羌
方驟勝若中國先遣人必偃蹇不受命不若因其人自
以己意令以逆順禍福歸告乃遣文貴還已而旺榮及
其類曹偶四人果皆以書來然猶用敵國禮公以為不
遜未敢答以聞朝廷幸其至趣使為答書稱旺榮為太
尉且曰元昊果肯稱臣雖仍其僭名可也頳公復論僭
名豈可許太尉天子上公若陪臣而得稱則元昊安得
不僭旺榮等書自稱寧令謨此其羌戎官號姑以此復

之則無嫌乃徑為答書如是往返踰年元昊遂遣其臣
伊州刺史賀從勗入貢稱男邦面令國兀卒郎霄上書
父大宋皇帝頼公覧之謂其使曰天子至尊荆王叔父
猶奉表稱臣若主可獨言父子乎從勗請復歸議朝廷
從其策元昊遂卒稱臣
寶元康定間元昊初叛契丹亦以重兵壓境時承平久
三路正兵寡弱乃詔各籍其民不問貧富三丁取一為
鄉弓手已而元昊寇陜西劉平石元孫等敗没死者以

萬計正兵益少乃盡以鄉弓手刺面為保捷指揮正軍
河東河北事宜稍緩但刺其手背號義勇治平間諒祚
復謀入寇議者數請為邊備韓魏公當國遂委陝西提
刑陳述古准寶元康定故事復籍三丁之一為義勇蓋
以陝西視兩河初無義勇故也司馬君實知諫院力陳
其不可言甚切至且謂陝西保捷即兩河義勇不應已
籍而再籍章六上訖不從蓋魏公主之也

黄河慶歴後初自横隴稍徙趨德博後又自商胡趨恩

冀皆西流北入海朝廷以工夫大不復塞至和中李仲
昌始建議開六塔河引注横隴復東流周沆以天章閣
待制為河北都轉運使詔遣中官與沆同按視沆言今
河面二百步而六塔渠廣四十步必不能容苟行之則
齊與博德濵棣五州之民皆為魚矣時賈文元知北京
韓康公為中丞皆不主仲昌議而富韓公為相獨力欲
行之康公至以是擊韓公然北流既塞果決齊博等州
民大被害遂竄仲昌嶺南議者以為韓公深恨

太宗北伐高瓊為樓船戰棹都指揮使部船千艘趨雄州元昊初臣龐潁公自延州入為樞密副使首言關中苦餽餉請徙沿邊兵就食内地議者爭言不可以為羌戎初伏情偽難測未可遽弛備獨公知元昊已困必不能遽敗盟卒徙二十萬人後為樞密使復言天下兵太冗多不可用請汰其罷老者時論紛然尤以為必生變公曰有一人不受令臣請以身坐之仁宗用其言遂汰八萬人

夏文荘韓魏公皆自樞密副使出再召為三司使
賈文元為崇政殿說書久之仁宗欲以為侍講而難於
驟用乃特置天章閣侍講天章有侍講自此始然後亦
未嘗復除人
考異時以崇政殿說書賈昌朝王宗道趙希言並兼
天章閣侍講非專為賈設也後髙若訥楊安國王洙
林瑀趙師民曾公亮錢象先盧士宗胡瑗吕公著傅
求常秩陳襄吕惠卿等皆為天章閣侍講云後亦未

嘗復除人非也

元豐初詔修仁宗英宗史王禹玉以左僕射為監修官始成二帝紀具草進呈神宗内出手詔賜禹玉等曰兩朝大典雖為重事以卿等才學述作之固已比迹班馬矣朕之淺陋何所加損乎其如擬進草緒成之蓋上尊祖宗之意非故事也其後史成特詔給舍侍郎以上學士中丞及觀察使以上曲燕於垂拱殿亦非故事也

國朝宰相自崇寧以前乾德二年范質王溥魏仁浦罷

趙普相開寶六年罷獨相者十年雍熙二年宋琪罷李
昉在位端拱元年罷獨相者四年淳化元年趙普罷呂
蒙正在位獨相者踰年景德三年寇準罷王旦相祥符
五年向敏中相旦獨相者七年天聖七年王曾罷呂夷
簡在位明道元年張士遜復相夷簡獨相者三年皇祐
三年宋庠文彦博罷龎籍相獨相者三年元祐九年呂
大防罷章惇相七年七朝獨相者七人惟趙韓王十年
其次王魏公章申公七年最久云

元豐中蹇周輔自戸部侍郎知開封府止除寶文閣待制而李定自戸部侍郎知青州除龍圖閣直學士二例不同定或以久次也

紹聖初彭器資自權尚書韓持正自侍郎出知成都府皆除寶文閣直學士兩人皆辭行即復以待制為州蓋成都故事須用雜學士而權尚書真侍郎皆止當得待制也

范忠宣元祐初自直龍圖閣知慶州進天章閣待制即

召為給事中未幾遷吏部尚書辭免未報拜同知樞密
院告自中出特令不過門下省公力辭臺諫亦有以為
言不聽遂自同知拜相前輩進用之速未有如此
考異范知慶州除待制召為給事中皆元豐八年云
元祐初非也時以安燾知樞范同知而給事中封駁
燾勑不下詔不送給事中書讀燾辭免從之除命復
送給事中書讀云告自中出特令不過門下省非也
范元祐元年六月同知三年四月相宋琪自外郎一

歲四遷至作相向敏中自外郎同知樞才百餘日云
前輩進用之速未有如范者亦非也
慶歷二年富鄭公知諫院呂申公章郇公當國時西事
方興鄭公力論宰相當通知樞密院事二公遂皆加判
樞密院已而以判為太重改兼樞密使五年二公罷賈
文元陳恭公繼相遂罷兼使
竇懷貞以尚書右僕射兼御史大夫詔軍國重事宜共
平章元祐初以文潞公為平章軍國重事呂申公為平

章軍國事遂入銜或以為用懷貞故事

國史院初開史官皆賜銀絹筆墨紙已開而續除者不

賜

唐都雍洛陽在關東故以為東都本朝都汴洛陽在西

故以為西都皆謂之兩京祥符七年真宗謁太清宫于

亳州還始建應天府為南京仁宗慶歷二年契丹會兵

幽州遣使蕭英劉六符来求關南北地始建大名府為

北京

從官猴座唐制初不見本朝太平興國中始禁工商庶人許乘烏漆素鞍不得用猴毛暖座天禧中始詔兩省五品宗室將軍以上許乘猴毛暖座餘悉禁則太平興國以前雖工商庶人皆得乘天禧以前庶官亦皆得乘也按此條已見第三卷惟中數語詳略互異今竝存之

故事建州歲貢大龍鳳團茶各二斤以八餅為斤仁宗時蔡君謨知建州始別擇茶之精者為小龍團十斤以獻斤為十餅仁宗以非故事命劾之大臣為請因留而

免劾然自是遂為歲額熙寧中賈青為福建轉運使又取小團之精者為密雲龍以二十餅為斤而雙袋謂之雙角團茶大小團袋皆用緋通以為賜也密雲獨用黃蓋專以奉玉食其後又有為瑞雲翔龍者宣和後團茶不復貴皆以為賜亦不復如向日之精後取其精者為銙茶歲賜者不同不可勝紀矣

考異君謨為福建轉運使非知建州也始進小龍團凡二十餅重一斤此云斤為十餅非也

慶歷初吕許公在相位以疾甚求罷仁宗疑其辭疾欲親視之乃使乘馬至殿門坐椅子輿至殿陛命其子公弼掖以登既見信然乃許之前無是禮也

考異吕傳云命内侍取兀子輿以前

欽定四庫全書

石林燕語卷九

宋 葉夢得 撰

宇文紹奕 考異

北京舊不兼河北路安撫使仁宗特以命賈文元故文元名程文簡爲代乞只領大名一路後文元再鎮固求兼領乃復命之且詔昌朝罷則不置及熙寧初陳暘叔守北京遂以文元故事兼領

熙寧初中書議定改宗室條制名學士王禹玉草制禹玉辭曰學士天子私人也若降詔付中書施行則當草之今中書已議定宗室事則當使舍人院草勑爾學士非所預不敢失職也乃命知制誥蘇子容草勑近世凡朝廷詔命皆學士為之重王命也

熙寧三年九月詔中書五房各置檢正官二員在堂後官之上都檢正一員在五房提點之上皆以士人為之於是以呂微仲為都檢正孫巨源吏房李邦直禮房曾

子宣戶房李奉世刑房

澶淵之盟初以曹利用奉使許歲幣三十萬其後劉六符來始增二十萬為五十萬元昊初遣如定來求和朝廷許以歲幣十萬未稱臣乃使張子奭奉使而肯稱臣子奭遂許以二十萬

樞密都承旨與副承旨祖宗皆用士人比僚屬事叅謀議真宗後天下無事稍稍遂皆用吏人歐公建言請復舊制而不克行熙寧初始用李評為都承旨至今行之初評受命文潞公為樞密使以舊制不為之禮評訴於神宗命史官檢詳故事以久無

士人為之檢不獲乃詔如閤門使見樞密之禮
仁宗時臺官有彈擊教坊倭子鄭州來者朝中傳以為
笑歐公以為令臺官舉人須得三丞以上成資通判者
所以難於充選因請畧去資格添置御史裏行但選材
堪此選資深者入三院資淺者為裏行熙寧初實用此
議也
元祐二年詔職事官並許帶職尚書二年加直學士中
丞侍郎給事諫議通及一年加待制論者紛然以為不

當王彦林為十不可之説以獻謂尚書二年加直學士
若一年而罷與之直學士則過與之待制則與尚書侍
郎何異其以罪被謫者常例當落職若落職名則不問
過之輕重與職事官為落兩重職若止落職事官則與
平遷善罷何異官制以來由諫議大夫中書舍人方為
給事中由給事中方為侍郎而中丞又在侍郎之上今
槩以一年為待制則等差莫辨待制祖宗之時其選最
精出入朝廷才一二人今立法無定員將一年之後待

制濡朝必有車載斗量之謠大要如是劉莘老為中丞劉器之為司諫皆以為言朝廷不以為然其後莘老作相亦竟不能自改也

治平初王景彞自御史中丞除樞密副使錢公輔為知制誥繳辭頭時英宗初即位韓魏公當國以為始除大臣而不奉詔恐主威不立乃特責滁州團練副使議以為太過司馬君實知諫院意亦以為是而不救及後論陝西義勇事章六上不行乃於求罷章中始云錢公輔

一上章止樞密副使恩命於詔令未行之前而責授散
官臣六上章沮宰相大議於詔令已行之後而不以為
罪是典刑不均一矣請比公輔吏責遠小處疏入不報
蓋意指魏公也
狄武襄狀貌奇偉初隸拱聖籍中為延州指使范文正
一見知其後必為名將授以左氏春秋遂折節讀書自
春秋戰國至秦漢用兵成敗貫通如出掌中與尹師魯
尤善師魯與論兵法終不能屈連立戰功驟至涇原經

畧招討副使仁宗聞其名欲召見會寇入平凉詔圖形以進於是天下始聳然畏慕之神宗初即位有意二邊一日忽内出御製祭文遣使祭其墓欲以感勵將士或云滕元發之辭也

狄武襄以樞密副使出討儂智高換宣徽南院使宣撫荆湖南北路經制廣南盗賊事師還復舊任盖不欲以本官外使也如嘉祐末韓魏公侍郭逵厚始使帶簽書樞密院知延州故熈寧初王樂道論魏公為用周太祖

故事命逵蓋郭威實由是變也魏公亦無以解

考異治平三年郭逵以簽書樞密院事為陝西四路

宣撫使兼判渭州後以宣徽使判延州此云嘉祐末

又云逵帶簽書樞密院事知延州皆非王樂道論韓

魏公用逵事在治平四年此云熙寧初亦非也

賈文元初以晉陵縣主簿為國子監説書孫宣公為判

監始見因會學官各講一經既退謁宣公久之不出徐

令人持唐書路隋韋處厚傳使讀文元了不喻已乃見

之曰知所以示二傳乎曰不知宣公言君講書有師法
他日當以經術進如二公勉自愛其後宣公辭講筵請
老即薦文元自代時官猶未甚顯未幾仁宗卒為創崇
政殿說書命之崇政殿說書自文元始云
慶歷中契丹遣蕭英劉六符來求取關南北地朝廷患
之王武恭帥定州敵密遣人來覘候吏得之偏裨皆請
斬之以徇衆武恭特不問明日出獵近郊號三十萬親
執桴鼓示衆下令曰具糧糗視大將軍旗所向即馳敢

後者斬覘者歸密以告敵疑漢兵將深入無不懼仁宗
亟遣使問計對曰咸平景德邊兵二十餘萬皆屯定武
不能分扼要害故敵得軼境徑犯澶淵且當時以陣圖
賜諸將人皆謹守不敢自為方畧緩急不相援多至於
敗今願無賜陣圖第擇諸將使應變出奇自立異功則
無不濟仁宗以為然
晏元獻公喜推引士類前世諸公為第一為樞府時范
文正公始自常調薦為秘閣校勘後為相范公入拜叅

知政事遂與同列孔道輔微時亦嘗被薦後元猷再為
御史中丞復入為樞府道輔實代其任富韓公其壻也
呂申公薦報聘契丹公時在樞府亦從而薦之不以為
嫌蘇子容為謚議以比胡廣與陳蕃並為三司謝安引
從子玄北伐云
王武恭公自樞密使謫知隨州孔道輔所論也道輔死
或有告武恭害公者死矣武恭愀然出曰可惜朝廷又
喪一直臣文潞公為唐質肅所擊罷宰相質肅亦坐貶

嶺外至和間稍牽復為江東轉運使會潞公復入相因

言唐某疏臣事固多中初貶已重而久未得顯擢願得

復召還仁宗不欲止命遷官徙河東

夏文莊韓魏公皆自樞密副使為三司使此條與第八卷互見

漢舉賢良自董仲舒以來皆對策三道文帝二年對策

者百人晁錯為高第武帝元光五年對策者亦百人公

孫宏為第一當時未有黜落法對策者皆被選但有高

下爾至唐始對策一道而有中否然取人比今多建中

閻姜公輔等二十五人太和閻裴休等二十三人其下如貞元中韋執誼崔元翰裴洎等皆十八人元和中牛僧儒等長慶中龐嚴等至少猶皆十四人蓋自後周加試策論三道於禮部每道以三千字為率本朝加試六論或試於秘閣合格而後御試故得人頗艱然所選既精士之濫進者無幾矣

考異文帝十五年策鼂錯等非二年也賢良策見於漢書者惟董仲舒三道餘皆一道此云自仲舒以來

皆對策三道不知何所據耶百人皆當云百餘人又
仲舒及嚴助傳亦皆云百餘人
蘇子容過省賦歷者天地之大紀為本場魁既登第遂
留意歷學元豐中使契丹適會冬至契丹歷先一日趨
使者入賀契丹不禁天文術數之學往往皆精其實契
丹歷為正也然勢不可從子容乃為泛論歷學援據詳
博契丹莫能測無不聳聽即徐曰此亦無足深較但積
刻差一刻爾以半夜子論之多一刻即為今日少一刻

即爲明日此盖失之多爾契丹不能遽折及後歸奏神宗大喜即問二歷竟孰是因以實言太史皆坐罰金元祐初遂命子容重修渾儀制作之精皆出前古其學畧授冬官正袁惟幾而創爲規模者吏部史張士廉士廉有巧思子容時爲侍郎以意語之士廉輒能爲故特爲精密金人陷京師毁合臺取渾儀去今其法蘇氏子孫亦不傳云

元昊叛議者爭言用兵伐叛雖韓魏公亦力上其説然

官軍連大敗者三初圍延州執劉平石元孫於三川口康定元年也明年敗任福於好水川福死之慶歷元年也又明年冦鎮戎軍敗葛懷敏於定州寨執懷敏喪師皆無慮十餘萬中間唯任福襲白豹城能破其四十一族爾范文正欲力持守策以歲月經營困之無速成功故無大勝亦無大敗

神宗天性至孝事慈聖光獻太后尤謹升遐之夕王禹玉為相入慰執手號慟因引至斂所發視御容左右皆

感絶將斂復召侍臣觀入梓宫物親舉一玉梳及玉絃曰此太后常所御也又慟幾欲仆禹玉為挽辭云誰知老臣淚曾及見珠襦又云氷絃湘水急玉梳漢陵深皆紀實也

韓康公得解過省殿試皆第三人其後為執政自樞密副使參知政事拜相及再宰四遷皆在熙寧中此前輩所未有也蘇子容挽辭云三登慶歴三人第四入熙寧四輔中

范文正公以晏元獻薦入館終身以門生事之後雖名
位相亞亦不敢少變慶歴末晏公守宛丘文正赴南陽
道過特留歡飲數日其書題門狀猶皆稱門生將别以
詩叙殷勤投元獻而去有曽入黄扉陪國論却來絳帳
就師資之句聞者無不歎服
王禹玉歴仁宗英宗神宗三朝為翰林學士其家自太
平興國至元豐十牓皆有人登科熙寧初葉尚書祖洽
牓聞喜燕席上和范景仁詩云三朝遇主惟文翰十牓

傳家有姓名此事他人所無有也

范文正公始以獻百官圖譏切呂申公坐貶饒州梅聖俞時官旁郡作靈烏賦以寄所謂事將兆而獻忠人返謂爾多凶蓋為范公設也故公亦作賦報之有言知我者謂吉之先不知我者謂凶之類及公秉政聖俞久困意公必援已而漠然無意所薦乃孫明復李泰伯聖俞有違言遂作靈烏後賦以責之畧云我昔閔汝之忠作賦弔汝今主人誤豐爾食安爾巢而爾不復啄叛臣之

目伺賊壘之去反憎鴻鵠之不親愛燕雀之來附意以其西師無成功世頗以聖俞為隘

太宗時陳文忠公廷試第一曽會第二皆除光禄寺丞直史館會繼遷殿中丞知宣州賜緋衣銀魚前無此比也治平初彭器資諒闇榜亦為進士第一乃連三任職官十年而後始改太子中允盖器資未嘗求於當路代還多自赴吏部銓然卒以是知名仕宦淹速信不足較也

元厚之少以文字自許屢以贄歐陽文忠卒不見録故在嘉祐初治平間雖為從官但多歷監司帥守熙寧初荆公當國獨知之始薦以為知制誥神宗猶未以為然會廣西儂智高後復傳溪峒有警選可以經畧者乃自南京遷知廣州既至邊事乃誤傳其謝上表云横水明光之甲得自虚傳雲中赤白之囊唱為危事蓋用澤潞李文饒及丙吉傳中事神宗覽之大稱善後遂自荆南召為翰林學士

元祐初魏王喪在殯秋燕太常議天子絶朞不妨燕蘇子瞻為翰林學士當撰致語上疏援荀盈未葬平公飲酒樂膳宰屠蒯以為非周穆后既葬除喪景王以賓燕叔向議之以為若絶朞可以燕樂則平公景王何以見非余謂天子絶朞謂不為服也不為服則不廢樂太常之議是矣以為情有所不忍則特輟樂如屠蒯叔向之言可也不當更論絶朞為言如富鄭公母在殯而仁宗特罷春燕叔父豈不重於宰相之母惜乎子瞻不知出

此也

考異按春秋左氏傳昭公九年晉荀盈如齊卒於戲陽殯於絳未葬晉平公飲酒樂膳宰屠蒯趨入酌以飲工曰汝為君耳將司聰也辰在子卯謂之疾日君徹燕樂學人舍業為疾故也君之卿佐是謂股肱股肱或虧何痛如之汝弗聞而樂是不聰也公說徹樂又按昭公十五年晉荀躒如周葬穆后既葬除喪周景王以賓燕叔向譏之謂之樂憂夫晉平公之於荀

盈仁宗以宰臣張知白之喪特罷社燕比例尤的子

瞻所奏正引仁宗以宰相富弼母在殯為罷春燕事

且云魏王之親比富弼之母輕重亦有間矣此乃云

子瞻不知出此何耶

治平間歐陽永叔罷參知政事知亳州除觀文殿學士

相繼趙叔平罷知滁州亦除其後非執政而除者王韶

以邊功王樂道以宫僚皆特恩也

考異歐陽永叔罷政在治平四年前此如丁度韓琦

高若訥富弼孫沔田况張觀程戡孫抃胡宿皆以前
執政或初罷政除觀文殿學士此止舉歐趙二人何
耶

故事館職皆試詩賦各一篇熙寧元年召試王介安燾
陳侗蒲宗孟朱初平始命改試策論各一道於是始試
敕天之命惟時惟幾論問古用民歲不過三日策

呂寶臣為樞密使神宗欲用晦叔為中丞不以為嫌乃
召蘇子容就曾魯公第草制中云惟是一門公卿三朝

侍從久欲登於近用尚有避於當途况朕方以至公待人不疑羣下豈以弟兄之任事而廢朝廷之擢才刿在仁祖之時已革親嫌之制臺端之拜無以易卿著上意也晦叔既辭上命中使押赴臺禮上公弼亦辭位不從神宗既不相潞公而相陳暘叔乃詔暘叔班潞公下潞公辭曰國朝未有樞密使居宰相上者惟曹利用嘗先王曾張知白臣忝文臣不敢亂官制力辭久之不聽乃班暘叔上已而閤門言舊制宰相壓親王親王壓使相

今彦博先升之則遇大朝會親王並入亦當帶壓親王
潞公復辭始許班賜叔下
故事三院御史論事皆先申中書得劄子而後始登對
諫官則不然熈寜初始詔依諫官例聽直牒閤門請對
熈寧三年制科過閤孔文仲第一吕陶亦在選中既殿
試文仲陳時病語最切直吕陶稍直宋敏求蒲宗孟初
考文仲書第三等王禹玉陳睦覆考書第四等王荆公
見之心不樂中批出黜文仲令速發赴本任吕陶陞一

任與堂除差遣自是遂罷科
故事南省奏名第一殿試唱過三名不及則必越衆抗
聲自陳雖考校在下列必得升等吳春卿歐陽文忠皆
由是得升第一甲獨范景仁避不肯言等輩屢趣之皆
不應至第十九人方及徐出拜命而退時已服其靜退
自是廷試當自陳者多慕效之近歲科舉當升等人其
目不一有司皆預編次唱名即舉行其風遂絶
王沂公初就殿試時固已有盛名李文靖公沆為相適

求壻語其夫人曰吾得壻矣乃舉公姓名曰此人今次
不第後亦當為公輔是時呂文穆公家亦求姻於沂公
公聞文靖言曰李公知我遂從李氏唱名果為第一晏
元獻公嘗屬范文正公擇壻久之文正言有二人其一
富高一張為善公曰二人孰優曰富君器業尤遠大遂
納富即富公也時猶未改名以宰相得宰相衣冠以為
盛事為善亦安道舊名
張文節公初為龍圖閣待制求判國子監真宗問王魏

公國子清閒無職事知白豈不長於治劇欲自便耶魏
公對知白博學通曉民政但其所守素清而廉於進取
故爾上曰若此正好為中執法乃命以右諫議大夫除
御史中丞上用人如此景德天禧間所以名臣多也
神宗嘗問經筵官周官前朝後市何義黄右丞履時為
侍講以王氏新説對言朝陽事故在前市陰事故在後
上曰亦不獨此朝君子所集市小人所居向君子背小
人之意諸臣聞之竦然

哲宗初即位契丹弔哀使入見蔡持正以契丹大使衣
服與在廷異上春秋少恐升殿驟見或懼前一日奏事
罷從容言其儀狀請上勿以為異重複數十語皆不答
徐俟語畢上曰彼亦人耳怕他做甚持正竦然而退
司馬温公與吕申公素相友善在朝有所為率多以取
則温公自修起居注召試知制誥申公亦自外同召温
公既就試而申公力辭不至改除天章閣待制温公大
悔自以為不及命下凡九章辭不拜引申公自比云臣

與公著同被召公著固辭得請而臣獨就職是公著廉
遜而臣無愧恥也朝廷察其誠因亦除天章閣待制
考異溫公與申公相友善云在朝有所為率多以取
則非也溫公辭修注云王安石差修起居注力自陳
懇章七八上然後朝廷許之臣乃追悔恨嚮者非朝
廷不許由臣請之不堅故也使臣之才得及安石一
二則聞命之日受而不辭今臣自循省一無可取乃
與之同被選擢比肩並進豈不玷朝廷之舉為士大

夫所羞哉辭知制誥云竊聞天章閣侍講吕公著與
臣同時被召公著辭讓不至朝廷已除公著天章閣
待制臣始自悔恨云云辭修注則引荆公辭知制誥
則引申公各一時之事非有所取則也
政和末李彦章為御史言士大夫多作詩有害經術自
陶淵明至李杜皆遭詆斥詔送敕局立法何丞相執中
為提舉官遂定命官傳習詩賦杖一百是歲莫儔榜上
不賜詩而賜箴未幾知樞密院吳居厚喜雪御筵進詩

稱口號自是上聖作屢出士大夫亦不復守禁或問何立法之意何無以對乃曰非為今詩乃舊科場詩耳

欽定四庫全書

石林燕語卷十

宋　葉夢得　撰

宇文紹奕　考異

蘇魏公為宰相因爭賈易復官事持之未決御史楊畏論蘇故稽詔令蘇即上馬乞退請致仕呂微仲語蘇可見上辯之何遽去蘇曰宰相一有人言便為不當物望豈可更辯曲直宣仁力留之不從乃罷以為集禧觀使自熙寧以

來宰相未有去位而留京師者蓋異恩也紹聖初治元祐
黨人凡嘗為宰執者無不坐貶惟子容一人獨免
熙寧以前臺官例少貶責間有補外者多是平出未幾復
召還故臺吏事去官每加謹焉其治行及區處家事無不
盡力近歲臺官進退既速貶責復還者無幾然吏習成風
猶不敢懈開封官治事畧如外州督察按舉必繩以法往
往加以笞責故府官罷吏率掉臂不顧至或斬侮之時稱
孝順御史臺忤逆開封府

范魯公與王溥魏仁浦同日罷相為一制其辭曰或病
告未寧或勤勞可眷時南郊畢質溥皆再表求退仁浦
以疾在告乞骸骨故云

王冀公罷叅知政事真宗眷意猶未衰特置資政殿學
士命之時寇莱公欲抑之乃定班翰林學士之下冀公
訴以為無罪而反降故復命為大學士班樞密副使之
下自是非嘗任宰執者不除元豐間韓持國陳薦非執
政而除蓋宮僚之異恩也

王荆公在金陵神宗嘗遣内侍凌文炳傳宣撫問因賜
金二百荆公望闕拜跪受已語文炳曰安石閒居無所
用即庭下發封顧使臣曰送蔣山常住置田祝延聖壽
王元之素不喜釋氏始為知制誥名振一時丁晉公孫
何皆游門下元之亦極力延譽由是衆多側目有偽為
元之請汰釋氏疏及何無佛論者未幾有商洛之貶歐
陽文忠公丁母憂服除召還公嘗疾士大夫交通權近
至是亦有偽公乞罷斥宦官章傳播者遂出知同州會

有辯其誣遂復留

紹聖間常朝起居章子厚押班一日忽少一拜遽升殿在

廷侍從初不記省見丞相進即止蔡魯公時為翰林學士

承旨獨徐足一拜而退當時以為得體大觀間蔡魯公在

告張賓老押班忽多一拜予時為學士劉德初薛肇明皆

為尚書班相近予覺其誤即語二人二人曰非誤當拜余

不免亦從之閤門彈失儀皆放罪子厚語人是日邊奏有

蕃官威明阿密者當進呈偶忘思之遂忘拜數而予雖覺

其誤然初亦不甚著意記拜數既聞二人之言從而亦疑乃知朝謁當一意盡恭不可雜以他念也

李孝壽知開封府有舉子為僕所陵忿甚亟縛之作狀欲送府會為同舍勸解久之氣亦平因釋去自取其狀戲學孝壽押字判曰不勘案決臀杖二十其僕怨之翌日即竊狀走府曰秀才日學知府判狀私決人孝壽即令追之既至具陳所以孝壽翻然謂僕曰如此秀才所判正與我同真不用勘案命吏就讀其狀如數決之是

歲舉子會省試於都下數千人凡僕聞之皆畏戢無敢肆者當時亦稱其敏

真宗幸澶淵丁晉公以鄆齊濮安撫使知鄆州敵既入塞河北居民驚奔渡河欲避於京東者日數千人舟人邀阻不時濟丁聞之亟取獄中死囚數人以為舟人悉斬於河上於是曉夕並渡不三日皆盡既渡復擇民之少壯者分畫地分各使執旗幟鳴金鼔於河上夜則傳更點申號令連數百里敵人莫測訖師退境內晏然

張乖崖再治蜀一日問其客李畋外間百姓頗相信服否畋言相公初鎮民已服矣何待今日乖崖曰不然人情難服前未令次或恐然只這信字五年方做得成

劉秘監几字伯壽磊落有氣節善飲酒洞曉音律知保州方春大集賓客飲至夜分忽告外有卒謀為變者几不問益令折花勸坐客盡戴益酒行密令人分捕有頃皆擒至几遂極飲達旦人皆服之號戴花劉使几本進士元豐間換文資以中大夫致仕居洛中平時劉挾女

奴五七輩載酒持被囊往來嵩少間初不為定所遇得
意處即解囊藉地傾壺引滿旋度新聲自為辭使女奴
共歌之醉則就卧不去雖暴露不顧也嘗召至京師議
大樂旦以朝服趨局暮則易布裘徒步市廛間或娼優
所集處率以為常神宗亦不之責其自度曲有戴花正
音集行於世人少有得其聲者
宋守約為殿帥自入夏日輪軍校十數輩捕蟬不使得
聞聲有鳴於前者皆重笞之人頗不堪故言守約惡聞

蟬聲神宗一日以問守約曰然上以爲過守約曰臣豈
不知此非理但軍中以號令爲先臣承平總兵殿陛無
所信其號令故寓以捕蟬耳蟬鳴固難禁而臣能使必
去若陛下誤令守一障臣庶幾或可使人上以爲然
包孝肅爲中丞張安道爲三司使攻罷之既又自成都
召宋子京孝肅復言其在蜀燕飲過度事敗知鄭州已
而乃除孝肅遂就命歐陽文忠時爲翰林學士因疏孝
肅攻二人以爲不可而已取之不無蹊田奪牛之意孝

肅雖嘗引避而終不辭元祐間蘇子由為中丞攻罷許沖元繼除右丞御史安鼎亦以為言二人固非有意者然歐陽公之言亦足以厚士風也

王繼忠真宗藩邸舊臣後為高陽關部轄咸平中與契丹戰沒契丹得之不殺喜其辯慧稍見親用朝廷不知其尚存也及景德入寇繼忠從行乃使通奏先導欲和之意朝廷始知其不死卒用其說以成澶淵之盟繼忠是時於兩間用力甚多故契丹不疑真宗亦録其妻子

歳時待之甚厚後改姓耶律封王卒於契丹而子孫在
中朝官者亦甚衆至今京師號陷蕃王太尉家
考異王繼忠為定州路副部署咸平六年戰殁此云
為高陽關部轄非也
陳密學襄鄭祭酒穆與陳烈周希孟皆福州人以鄉行
稱閩人謂之四先生烈尤為蔡君謨所知嘗與歐陽文
忠公共薦於朝由是益知名然烈行怪多僞蔡君謨母
死烈往弔自其家匍匐而進人問之曰此詩所謂凡民

有喪匍匐救之者也其所為類如此後為妻訟其不睦事為監司所按詔置獄劾治司馬溫公為諫官上疏救之曰列既嘗為近臣所推必無甚過若遽摧辱恐沮傷山林處士之氣然亦竟坐罪

杜祁公居官清介每請俸必過初五家人有前期誤請者公怒即以付有司劾治尹師魯公所知也余在潁州士人家嘗見師魯得罪後謝公書親引此事云以某自視雖若無愧以公觀之則安得為無罪師魯蓋坐擅貸

官錢為吏部償債當時有惡之者遂論以贓云

呂丞相微仲性沈厚剛果遇事無所回屈身幹長大而方望之偉然初相蘇子瞻草麻云果毅而達兼孔門三子之風直大以方得坤爻六二之動盖以戲之微仲終身以為恨言固不可不慎

考異直方大美之至矣何必他疑而至終身為恨乎果毅當作果藝

仁宗山陵韓魏公為使時國用窘匱而一用乾興故事

或以為過蘇明允為編禮官以書責公至引宋華元厚
葬事以為不臣魏公得之矍然已乃斂容起謝曰某無
狀敢不奉教然華元事莫未至是否聞者無不服公大
度能受意外之言也

余見大父時家居及燕見賓客率多頂帽而繫勒帛猶
未甚服背子帽下戴小冠簪以帛作横幅約髪號額子
處室中則去帽見冠簪或用頭巾也古者士皆冠帽乃
冠之遺製頭巾賤者不冠之服耳勒帛亦有垂紳之意

雖施之外不為簡背子本半臂武士服何取於禮乎或云勒帛不便於搢笏故稍易背子然須用上襟掖下與背皆垂帶余大觀間見宰執接堂吏押文書猶冠帽用背子今亦廢矣而背子又引為長袖與半臂製亦不同頭裹賤者巾衣武士服而習俗之久不以為異古禮之廢太抵類此也

劉丞相摯家法儉素閨門雍睦凡冠巾衣服製度自其先世以來常守一法不隨時增損故承平時其子弟雜

處士大夫間望而知其為劉氏也數十年來衣冠詭異

雖故老達官亦不免從俗與市井諠浮畧同而不以為

非

舊鳳翔郿縣出絹以緊細如箸者為貴近歲衣道服者

絹以大為美圍率三四寸長二丈餘重複腰間至五七

返以真茸為之一絹有直十餘千者此何理也

趙清獻公每夜常燒天香必擎爐默告若有所秘祝者

然客有疑而問公公曰無他吾自少晝日所為夜必裒

斂奏知上帝已而復曰蒼蒼眇冥吾一矢區區之誠安知必能盡達姑亦自防檢使不可奏者如有所畏不敢為耳有周竦者嘗為公門客為余言之

杜祁公罷相居南京無宅假驛舍居之數年訖公薨卒不遷亦不營生事止食其俸而已然閭里吉凶慶弔與親識之道南京者相與燕勞問遺之禮未嘗廢公薨夫人相里氏以絕俸不能自給始盡出其篋中所有易房服錢二千公本遺腹子其母後改適河陽人公為前母

子不容因逃河陽依其母傭書於濟源富人相里氏一見奇之遂妻以女云

范文正公四子長曰純佑有奇才方公始為西帥時已能佐公治軍早死其次即忠宣夷叟德孺也嘗為人言純仁得吾之忠純禮得吾之正純粹得吾之材忠宣以身任國世固知之夷叟簡默寡言笑雖家居獨坐一室或終日不出德孺繼公帥西方為名將卒如其言云

前輩多知人或云亦各有術但不言爾夏文莊公知蘄

州麗莊敏公為司法嘗得時疾在告方數日忽吏報莊敏死矣文莊大駭曰此人當為宰相安得便死吏言其家已發哀文莊曰不然即自往見取燭視其面曰未合死召醫語之曰此陽證傷寒汝等不善治誤爾亟取承氣湯灌之有頃莊敏果蘇自此遂無恙世多傳以為異

張康節公昇田樞密況出處雖不同其微時皆文莊所薦也

范文正公用人多取氣節濶略細故如孫威敏滕達道

之徒皆深所厚者為帥府辟置多謫籍未牽叙人或以問公公曰人之有才能無瑕纇者自應用於宰相惟實有可用不幸陷於過失者不因事起之則遂為廢人矣世咸多公此意凡軍伍以雜犯降黜者例皆改刺龍騎指揮故時當權者每憚公廢法建請難於盡從因戲之為龍騎指揮使云

王右丞正仲口吃遇奏對則如流歐陽文忠近視常時讀書甚艱惟使人讀而聽之在政府數年每進文字亦

如常人不以為異貴人自有相也余為郎官時嘗遇視
朔過殿有御史為巡使者法當獨立於殿庭之南北向
以察百官失儀其人久在學校素矜慎始引就位輒無
故仆地既掖而起又仆如是者三上遥望以為疾作亟
命衛士數人扶出逮至殿門步行如常問之曰自不能
曉但覺足弱耳其人官後亦不顯亦其相然也
崇寧中蔡魯公當國士人有陳獻利害者末云伏望閒
燕特賜省覽有得之欲譏公者密摘以白上曰清閒之

燕非人臣所得稱而魯公受之不以聞魯公引禮孔子
閒居仲尼燕居自辨乃得釋
司馬温公自少稱迂叟著迂書四十一篇韓魏公晚號
安陽戇叟文潞公號伊叟歐陽文忠公號六一居士以
琴棊書酒集古碑為五而自當其一嘗著六一居士傳
蘇子瞻謫黄州號東坡居士東坡其所居地也晚又號
老泉山人以眉山先塋有老翁泉故云子由自嶺外歸
許下號潁濵遺老亦自為傳家有遺老齋盖元祐人至

子由存者無幾矣

王禹玉作龎頴公神道碑其家送潤筆金帛外參以古書名畫三十種杜荀鶴及第時試卷亦是一種

章郇公高祖母練氏其夫均為王審知偏將領軍守西巖一日盜至不能敵遣二親校請兵於審知後期不至將斬之練氏為請不得即密取奩中金遺二校急使逃去二校犇南唐會王氏國亂李景即遣兵攻福州時均已卒矣二校聞練氏在亟遣人賫金帛招之使出曰吾

翌日且屠此城若不出即併及矣練氏迓金帛不納曰

為我謝將軍誠不忘前日之意幸退兵使吾城降吾與

此城人可俱全不然願與皆屠不忍獨生也再三請不

已二將感其言遂許城降均十五子五為練氏出郇公

與申公皆其後也

丁晉公初治第於車營務街楊景宗時為役兵為之運

土景宗章惠太后弟也後以太后得官晉公謫即以其

第賜之性凶悍使酒挾太后晚尤驕肆好以滑槌毆人

時號楊滑槌故今猶以名其宅云

晁文元迴嘗云陸象先言天下本無事祇是庸人擾之

始為煩耳吾亦曰心間本無事率由妄念擾之始為煩

耳

晁文元公天資純至年過四十登第始娶前此未嘗知

世事也初學道於劉海蟾得煉氣服形之法後學釋氏

常以二教相參終身力行之既老居昭德坊里第又於

前為道院名其所居堂曰凝寂燕坐蕭然雖子弟見有

時晚年耳中聞聲自言如樂中簧始隱隱如雷漸浩浩如潮或如行軒百子鈴或如風蟬曳緒每五鼓後起坐聞之尤清澈以為學道靈感之驗令人靜極類亦有聞此聲者豈晁固自不同耶或云晚常自見其形在前既久漸小八十後每在眉睫之間此尤異也

王荆公性不善緣飾經歲不洗沐衣服雖弊亦不浣濯與吳沖卿同為羣牧判官時韓持國在館中三數人尤厚善無日不過從因相約每一兩月即相率洗沐定力

院家各更出新衣爲荆公畨號折洗王介甫云出浴見
新衣輒服之亦不問所從來也曾子先持母喪過金陵
公往弔之登舟顧所服紅帶適一虞候挾笏在旁公顧
之即解易其皁帶入弔既出復易之而去
文潞公父爲白波輦運潞公時尚少一日嘗以事忤其
父欲撻之潞公密逃去張靖父爲輦運司軍曹司知其
所在迎歸使與靖同處其父求潞公月餘不得極悲思
之乃徐出見因使與靖同學後因登第潞公相時擢靖

為直龍圖閣靖有吏幹翰林學士張閣其子也

蔡魯公喜接賓客終日酬酢不倦家居遇賓客少間則必至子弟學舍與其門客從容燕笑蔡元度稟氣弱畏見賓客每不得已一再見則以啜茶多退必嘔吐嘗云家兄一日無客則病某一日接客則病

米芾詼譎好奇在真州嘗謁蔡太保攸於舟中攸出所藏右軍王畧帖示之芾驚歎求以他畫換易攸意以為難芾曰公若不見從某不復生即投此江死矣因大呼

據船舷欲墜攸遽與之知無為軍初入州廨見立石頗
奇喜曰此足以當吾拜遂命左右取袍笏拜之每呼曰
石丈言事者聞而論之朝廷亦傳以為笑
考異據米芾所記王畧帖八十二字乃是以錢十五
萬得之而謝安帖六十五字則得於蔡太保也
薛文惠公居正父仁謙世居今京昭德坊後唐莊宗入
汴仁謙出避其第為唐六宅使李賓所據賓家多貲嘗
藏金珠價數十萬第中會以罪謫不及取仁謙後復歸

欲入居或告以所藏者仁謙曰吾敢盜人之所有乎盡
召賓近屬使發取然後入文惠為相時正居此宅宜有
是也仁謙仕周亦為太子賓客致仕云
宋元憲公嘗問蘇魏公徐鍇與鉉學問該洽畧相同而
世獨稱鉉何也魏公言鍇仕江南早死鉉得歸本朝士
大夫從其學者衆故得大其名爾元憲兄弟好論小學
得鍇所作説文繫傳而愛之每欲為發明得蘇論喜曰
二徐未易分優劣要以是别之異時修史者不可易也

余頃從蘇借繫傳蘇語及此亦自志於繫傳之末

曹瑋帥秦州當趙德明叛邊庭駭動瑋嘗與客對棋軍吏報有叛卒投德明者瑋奕如常至於再三徐顧吏曰此吾遣使行後勿復言也德明聞之殺投者卒遂不復叛

元豐間劉舜卿知雄州敵寇夜竊其關鎖去吏密以聞舜卿亦不問但使易其門鍵大之後數日敵牒送盗者併以鎖至舜卿曰吾未嘗亡鎖命加於門則大數寸併

盜還之敵大慚沮盜者亦得罪舜卿近世名臣也

謄録貢生臣朱　掄

圖書在版編目（CIP）數據

石林燕語 / (宋) 葉夢得撰；(宋) 宇文紹奕考异.
— 北京：中國書店,2018.2
ISBN 978-7-5149-1891-5

Ⅰ.①石… Ⅱ.①葉… ②宇… Ⅲ.①筆記小説－小説集－中國－宋代 Ⅳ.①I242.1

中國版本圖書館CIP數據核字(2017)第316541號

四庫全書·雜家類

石林燕語

作者　宋·葉夢得撰　宋·宇文紹奕考异
出版發行　中國書店
地址　北京市西城區琉璃廠東街一一五號
郵編　一〇〇〇五〇
印刷　山東汶上新華印刷有限公司
開本　730毫米×1130毫米　1/16
印張　23
版次　二〇一八年二月第一版第一次印刷
書號　ISBN 978-7-5149-1891-5
定價　八〇　元